コレクション 現代フランス語圏演劇

Théâtre contemporain de langue française

Koffi Kwahulé

Cette vieille magie noire
Blue-S-Cat

コフィ・クワユレ

ザット・オールド・ブラック・マジック

ブルー・ス・キャット

訳=八木雅子

09

日仏演劇協会・編

れんが書房新社

本書は下記の諸機関・組織の企画および協力を得て出版されました。

企画：東京日仏学院
協力：フランス元老院
アンスティチュ・フランセ
SACD（劇作家・演劇音楽家協会）

L'INSTITUT
東京日仏学院

Cette collection *Théâtre contemporain de langue française* est le fruit d'une collaboration avec l'Institut franco-japonais de Tokyo, sous la direction éditoriale de l'Association franco-japonaise de théâtre et de l'IFJT

Collection publiée grâce à l'aide du Sénat français, de l'Institut français, et de la SACD

目次

ザット・オールド・ブラック・マジック
ブルー・ス・キャット

ザット・オールド・ブラック・マジック

登場人物

ショーティ　黒人、もう若くないボクサー
シャドー　黒人、ショーティのマネージャー、インテリ・ダンディな雰囲気
ムッシュー・ジャン　白人、ショーティのトレーナー、六十代
アンジー　黒人、ショーティの妹、ジャズ・シンガー
ネガス　黒人、もとボクサー、ショーティの近親者、六十代
ミッキー　黒人、ショーティのスパーリング・パートナー、二十五歳
トッド・ケッチェル　白人、ボクサー、もと「白人の希望の星」
スージー　白人、ケッチェルの妻
マッケンジー　白人、ケッチェルのマネージャー、インテリ・ダンディな雰囲気
チャック　黒人、ケッチェルの共同マネージャー、四十代
ジョー・コルマン　黒人、ケッチェルのトレーナー、六十代
サドラー　黒人、ボクサー、ケッチェルのスパーリング・パートナー
エディー・ジョーンズ　黒人、ボクサー、ショーティの挑戦者、二十代

リポーター、牧師
ジャズ・カルテット（不可欠）
その他大勢　観客・マスコミ・看護士（それぞれ複数）

演出ノート

台詞の上部に傍線が引かれている部分（シーン1、2、5）はショーティが芝居をしている場面である。これらの台詞は、ゲーテの『ファウスト』から取られている。できればここに提示した訳を使って欲しい〔フランス語訳は原文を若干改変・削除している〕。

テーマの曲名は参考としてあげているにすぎない。ただし、コルトレーンの世界が垣間見えることが望ましい。

＊文中の〔　〕内は訳注。

1　契約

リング。舞台中央、スポットライトの中に一人のボクサー、ショーティである。シャドー・ボクシングをしている。いらだった、ぴりぴりした様子。見るからに、ショーティは自分に、自分のジャブ、ディフェンス、フットワーク、フック、アッパーカット等々に納得がいかない。彼は単純に自分のボクシングが気に入らないのだ。しかし彼はコルトレーン・タッチのジャズの旋律に乗せて休むことなく練習を続ける。ジャズを演奏するバンドの姿は今は見えない。

ショーティは飽きることなく自分の影を相手にボクシングをする。息があがり、コーナーのイスに倒れ込むと、極めて丁寧に左手のバンデージを解き始める。スポットライトの明かりの輪が、バンデージの動きに呼応して少しずつ大きくなっていくと、リングを取り囲んでいる「観客」が、そしてリング下にはグローブと赤いガウンを持ったシャドーの姿が見えてくる。ゆっくりとシャドーがリングに上がり、すでに姿を現しているカルテットに合図を送ると、音楽が止む。

シャドー　（ショーティに）いたずらに嘆くのはやめろ、そんなものはハゲタカのようにお前の命をついばむだけだ。最低な奴らの中にいれば、少なくとも自分はやっぱり人間なんだと思うだろう。だからって、お前をごろつきの中に放り込もうと考えているなんて思わないでくれ。俺は大した人間じゃあない。だがお前が望むなら、俺のそばで人生を歩いて行きたいっていうなら、これから先、俺は喜んでお前を助けてやろう。俺はお前の相棒になる、いや、そうして欲しけりゃ、俺はお前の召使い、お前の下僕になってやる。

ショーティ　そのお返しに、俺は何をしなくちゃならないんだ？

シャドー　お前が借りを返すことを考えるのは、まだずっと先だ。

ショーティ　いいや、ダメだ。悪魔はエゴイストだからな、神に愛されるようなまねなんてするもんか。はっきり条件を言え。お前のような召使いがいたら、自分の家でも安心できない。

シャドー　この世でお前の役に立ちたいのさ。サインさえしてくれれば、休みなく、即刻お前に従おう。だがあの世で再び出会ったその時は、お前が同じことを俺にしてくれ。

ショーティ　あの世のことは心配してない。お前がこの世界を打ち砕こうと破滅させようと、それで別の世界が生まれても俺にはどうでもいい。俺の喜びはこの大地から湧きあがり、あの太陽が俺の苦しみを照らしてくれる。俺は苦しみから解放されたい、一度だけでいい、あとはどうなっても構わない！　その先で、憎しみ合おうが愛し合おうが、あの世に上と下の区別があったって、問題じゃない。そんなこと知りたくもない。

シャドー　だったら、この話に乗ってみるんだな。うんと言え、そうすればすぐにでも俺様の素晴らしい腕前がわかるってもんだ。誰も目にしたことのないものをお前にやろう。

ショーティ　俺に何をくれるっていうんだ、おっさん？　どこまでも上を目指す、そんな人間の心がお前らみたいな奴にわかったことなんてあるのか。お前にあるのは、満腹にならないごちそうか、水銀のように手の中をころがり落ちて行く赤い金の玉〔レッドゴールド〕ぐらいだろう。そうじゃなけりゃ勝つことのない賭け事か、俺の腕に抱かれながら隣の男に色目を使う娘、流れ星のように消えて行く栄光という天にも昇る喜びか？　見せてくれ、もぎ取る前に腐っていく果実を、毎日若葉に戻る木を。

シャドー　そんな願いならお安い御用だ、そのお宝をすべて、いつでも用意しよう。さあ、心ゆくまで楽しもうじゃないか。

ショーティ　取引成立だ！　俺は気軽に承知したわけじゃない。今のままでも俺はどうせ奴隷じゃないのか？　誰のだろうと構わないだろ？　お前だろうがほかの奴だろうが！

シャドー　さっそく今日からお前の下僕としての務めをまっとうしよう。もう一つだけ！　のちのちのためにお前のその手でサインが欲しい。

ショーティ　もったいぶった奴だ、この上まだ書いたものが欲しいのか？　男がどんなものか、男の約束がどんなものか知らないのか？　俺の約束は一生涯俺を放しはしない、それじゃあ足りないのか？

シャドー　どうしてそう喧嘩腰なんだ？　なんでもいい、そのへんの紙切れで十分だ、血を一滴たらせばそれがサインだ。

ショーティ　わかった！　それでお前が満足するなら。

（シャドーは一枚の紙と針を取り出す。シャドーがショーティに針を刺し、ショーティは紙の上に血を滴らせる。ジャズ・カルテットのアップテンポで陽気な演奏がふたたび始まり、「観客」がショーティとシャドーに喝采を送ると、二人はほかの「役者たち」と一緒にフィナーレのおじぎをする。ついで「役者たち」と「観客」は手をつなぎ、本当の観客を前にフィナーレの挨拶、喝采のなか、三回おじぎをする。カルテットはベン・ウエブスター調のバラードを演奏する。舞台上では、「観客」が「役者たち」に初日祝いの言葉をかけ、そして「役者たち」に混ざる。ボーイたちがカナッペをのせたプレートとシャンパン・グラスを持ってそこに加わり、大きなテーブルがしつらえられる。公演初日のパーティーの賑わい。テレビ・クルーが入り、新聞記者は何人かの招待客にインタビューをしているがその内容はわからない。実際、カルテットの音楽と、「よかった」「すばらしかった」「最高だ」といったこうした場合の決まり文句のほかは、唯一本当に話しているのは舞台前方のテレビ・リポーターだけである。テレビ・リポーターは、自分の後ろで行われている祝宴を邪魔しないためであるかのように、とても小さな声で内緒話をするように直接観客に話しかけている。ほかはその存在を無視する。）

リポーター　こんばんは。今晩これからみなさんにこのドキュメンタリーをご覧頂くのは、嬉しくもあり、また特別な思いも感じております。ＣＢＳが視聴者のみなさんにお送りする特別番組、ドキュメンタリー「ショーティの数奇な運命！」。ショーティ！　この名前だけで……。年配の視聴者のみなさんはきっと彼のことを思い出されることでしょう。ですが、お若いみなさんのために、ショーティとはいかなる人物であるかをお話したいと思います。ショーティ、彼は今しがたボクサーの役でわれわれが目にした人物です。彼は実際、ボクサーでした……いえ俳優になるチャンスには恵まれていないと思ってボクサーになったというべきでしょうか。彼にとってリングは、目の前で天国の扉が開くのを待つ一種の煉獄のようなものでした。……天国への扉、あるいは地獄への扉でしょうか。それはコインの表と裏でした。その夜、彼は「裏」を引き当てました、そしてそれはわずか数分間の出来事だったのかもしれません、自分とは別の人間になるという喜びに充ちたフラストレーションを彼は味わうことになったのです。

そう、ショーティは俳優になることをずっと夢見ていました、そして彼はボクサーでした。そう、なんたるボクサーだったのでしょう！　おそらくあらゆる時代を通じて彼は最高のボクサーです。想像を超えるボクサー！　リングの上のそのフットワークはビリー・ホリデーの声のようにセクシーで、そのジャブはモンクのピアノのように悩ましかったといいます。こうも言われています、彼のパンチはチャーリー・パーカーのサックスのごとく速く、その拳にはディジー・ガレスピーのトランペットのごとく毒があったと。ショーティはまさに夢そのものでした。こういう話があります。時にショーティは、対戦相手の周りを非常に速く踊るように動き回るとジャブを打ち込み、ジャブだけで三ラウンドから四ラウンド、そして突然リズムを変えてゆっくりとステップを踏み始める。

そしてそんな時の彼は水面に浮かんでいるかようだった、いや飛ぶようだったと。ジャブまでもがスローモーションのごとくゆっくりと繰り出されると、試合はレスター・ヤングのジャズ・コーラスのごとく独特な、陽気でものうげな空気に包まれる、と突然、右が、フックが、アッパーカットが炸裂する、上、下、右、左、正面、サイド。あらゆる方向に一万コルトレーンのビック・バンが炸裂、高速パンチ、雷のように激しく、悪魔のように正確に。悪夢に充ちたパンチ。

アンジー、彼の妹はそう呼ばれていました、アンジーは、ほら、あそこにいる女性、ジャズ・バンドの歌手です。ジャズ・シンガーで、スパニッシュ・ハーレムの横に大きなバーを一軒持っていました。彼女とショーティの結びつきはとても強いものでした。ですからアンジーは彼のことを「プティ・ジャズ」、愛しのジャズと呼んでいました。

ショーティはただのボクサーではありませんでした、ボクサーそのものだったのです。口の悪い人からは、あれほどのボクシングをやるために悪魔に魂を売ったのだとさえ言われました……。シャドー、それが悪魔の別名です！　つい今しがた、ショーティと一緒に演じていた男です……。本名はバスター・マッコーリーといいましたが、業界でその名前を知っていたのはほんのわずかでした。シャドーはショーティのエージェントでした。人は彼をショーティの影と呼びました。道徳的に問題ありと思われてもいました。シャドーはショーティに出会う前、カンザスの刑務所に入れられていたと言うのです、もちろん反道徳的な……幼い子どもにかかわるような事件で。あるいはシャドーは六歳の時、カミソリで父親の喉をかき切って殺したらしいとも、その日、父親が……自分の本当の父親じゃないと知ってしまったんだと言うのです。そう言った同じ口が、臆面もなく、シャドーはこの事件のあと牧師になったと断言しました。こんな話もありました……。しかしシャドーについて言われなかったことなんてあったでしょうか。実際には、この男についてたしかなことは何も知られてはいなかったのです、彼がバスター・マッコーリーという名前だったこと以外には。

アンジーにお祝いを言っているあの男、あれはエディー・ジョーンズです。「ジ・イール」、うなぎ、というニックネームは、彼のディフェンスのスタイルから来ています。彼自身は自分のことを「ブラックホール」と呼ばせています。恐るべきハード・パンチャー、二ーですが、天賦の才能の持ち主です。気まぐれで傲慢なボクサー、二七戦二七勝、二五KO。このパーティはエディーとショーティをプレス立ち会いのもとで顔合わせさせようというもので、数日後にショーティはジョーンズとのタイトル防衛戦を行うことになっています。

あっ、スージー・ケッチェルです、相変わらず美しい、そして彼女の夫のトッド・ケッチェル、「ハンマー」の異名をもっています。ショーティを倒したただ一人の男。アマチュア時代の話ですがね。長らく「白人の希望の星」と目されていたトッド・ケッチェルですが、彼はその約束を果たせませんでした。性急さ、そのキャリアを傷つける数々の過ち、たとえば八百長試合という不可解な事件、それらすべてが星を空から引きずり下ろしたのです。いやはや！　……。

あそこにいるのが、マイク・ブレイ、通称ミッキー、ショーティのスパーリング・パートナーです。ショーティの人生のトラブル・メーカーだって言う人もいますが、まあ判断はみなさんにおまかせします。ショーティのかたわらにいる男性、黒づくめの、あれがムッシュー・ジャン、ショーティのトレーナーで、フランス人、アメリカのボクシング界で成功した唯一のヨーロッパ人です。業界で非常に尊敬されている人物で、彼は誰に対しても丁寧な言葉遣いで話しましたし、みんなも彼にはくだけた物言いはしませんでした。彼はショーティの対戦相手のために喪服を身につけているのだと言われていましたが、これは噂でしかありませんでした。ムッシュー・ジャンはフランスにいる時からすでに黒い服を着ていたのです、ですから……

あ、ほら、女優のサラ・マイルズと彼女の新しい夫です。ロニー・スミス……、マッケンジー……、タイロン・ダッチ……、サドラー……、チャーリー・チャック……、ドナルド・グリス……、ジミー・グラブ……、アハマド・ジャスパー……。つまりはすべての人間が今晩ここにいるんです。では、われわれも行ってみましょう……。ああ！　忘れるところでした……。奥をご覧ください、バンドのわきです、車いすに乗っている老人がシャドーと話をしているでしょう、あれがネガスです。たとえ話やアフリカのことわざで話をするのが彼の特徴です。車椅子なのはリングでの事故が原因で、ドラマティックなKOでした。ショーティのもとで彼がどんな役割を担っていたのか、正確なところ今でもわかりませんが、とにかくこの町の黒人コミュニティにおける彼の影響力には異論の余地はありませんでした……。

さて、これでここに集まった人たちを一通りご覧にいれたと思いますが、いずれにしましても、今夜の終わりまでには、ここにいるあの人もこの人も、もっとよくお分かりいただけることでしょう。

（リポーターがテーブルのところに行き、ほどなくショーティと取り巻きを引き連れたエディ・ジョーンズが合流すると音楽が止む。アンジーもバンドから離れてショーティのもとへ行く。ほかの招待客は、大勢の記者たちも含め、立ったままである。テレビ・クルーのライトがテーブルを強烈に照らしカメラが回る。）

リポーター　（記者たちに）ではみなさま、質問をお願いいたします。ショーティとジョーンズのことはみなさんご存じです。したがいまして、さらなる紹介に時間を費やすのは無意味でしょう。しかしまず何より、例の噂についてショーティにわれわれを安心させてもらいたいと思います。噂では、ボクシングをやめて演劇の世界に行くんじゃないかと言われています。そんなことしませんよね！

ショーティ　俺はボクサーでしかない。

女性記者　とおっしゃいますが……。しばらく前から、リングの上よりも舞台の上であなたを見ることが多くなっていますよね。

ショーティ　趣味だよ。

ネガス　わかるだろう、大人というのは子供の頃の夢を実現させたい、子供の頃の気まぐれに身をまかせたいと時間を使うものだ。芝居はショーティにとってガキの頃の夢なんだ。

ショーティ　そう、ネガスの言う通りだ。俺が俳優なのは日曜画家と同じようなものさ。

男性記者　舞台に立つのは、リングに立つのと同じように怖いですか？

ショーティ　ん、それは、わからないな……そういう質問は……そういうことは考えてなかったから。そうだな、どっちも怖いよ。試合の前も芝居の前も……、でもその最中は、まったく。少し怖いかな、さいころを振って、それが止まるのを待ってる間みたいな……。っていうのは、俳優もボクサーも、なにより、そう……勝負師だから。俳優は、自分が一番秘密にしていることを、自分自身にもあえて口にしないようなことを、他人の評価や愛情に逆らってでも舞台にのせる。俳優は裸の自分を賭けるわけだ……、一方ボクサーは——ここがちがうところだけれど——ボクサーはすべてを賭ける、命でさえ、いや何より命を賭けて、もう怖がる必要がないというまさにその権利を得るんだ……。

シャドー　だからですよ、私のこの意見にみなさん同意してくれると思いますが、だからボクサーはまず黒人なんです。

男性記者　次の舞台はなんですか、ショーティ？

エディ・ジョーンズ　勘弁だぜ！　うんざりだよ、テメエたちのくだらねえおしゃべりは！　オレたちはここにボクシングの話をしに来てるんで、ショーティの道化芝居のためじゃねえ。ショーティ、ざけんなよ、シャドーとネガスがその舌先でテメエを丸め込んだと思ったら、こんどはテメエまでタップ踏んでるネエちゃんみたいにチャカチャカ喋りやがる。テメエはほかの誰より、オレたちの誰よりよくわかってるはずだ、オレたちが野獣以外の何ものでもねえってこと、そうオレたちは神様とだって悪魔とだってボクシングをする、オレたちは何より野獣なんだ。だから、オレが聞きてえのは、いいや請け合うね、何千もの視聴者だってそうだ、聞きてえのはさかりのついた雌猫の鳴き声じゃねえ、野獣の激しい雄叫びだ。

男性記者　では……試合のことをちょっと話しましょうか。

エディ・ジョーンズ　こりゃあただの試合じゃねえ。オレがここに来たのはボクシング界に塗られた泥を拭うためだ。だってまともじゃねえだろう、世界王座に座っているやつが道化人形じゃ、まともじゃねえぜ、王様が踊り子だなんて。だからオレは来たのさ、粛々とオレがやるべきことをやるために。なぜって、真のチャンプはジョーンズ、このエディ・ジョーンズだからさ！チャンプは一人、たった一人、このオレ様さ！　さあ、震えあがれ、震えあがるがいい。覚悟しろ、ブラックホールがお待ちかねだぜ。オレがガキの頃、オレの部屋の壁にはショーティの写真しかなかった、やつはボクシングっていうのはこういうもんだっていうイメージをくれた、それでオレはボクサーになったんだ。

こうやって話している瞬間にも、やつがこの世で一番ビッグなボクサーだってオレはまだ思ってる。なのに、こう言わなきゃならねえのはつらいぜ、けどやつの時代は終わったんだ。ショーティ、テメエはもう年をとった、ボクシングはじいさんのスポーツじゃねえ……。なのに王位にしがみついていやがるから、オレはやつに舞台を去る引導を渡しに来たんだ……、舞台っていうのはリングのことだ。ゴルフでもやればいいのさ、それが年寄りのやるスポーツだ！　じゃなけりゃ、芝居の作り話にその身をまるごと捧げりゃいい！　笑ってろ、ショーティ、とにかくこの試合が終われば、テメエはもうチャンピオンじゃなくなるんだ。

女性記者　そのことなんですが、ショーティ、あなたのその年齢は、二七勝二五KOのジョーンズを相手にハンディになるとは考えなかったんでしょうか？　それも二七戦ですよ、この点を視聴者にしっかり思いだしてもらいましょうよ。

ショーティ　みんないつもその話だ。ロニー戦の時にもそう言われたよ。で、俺は俺が望むように望んだ時にロニーをのしたってわけだ。今回のハナたれも同じだろう。こいつとはちょっと楽しむつもりだ、第6ラウンドまではね、だってみんな、もとを取らなきゃ困るだろ、そのあと、第7ラウンドで、ボコボコにしてやるさ……

エディ・ジョーンズ　オレ様がテメエをボコボコにしてやるぜ、このおいぼれの踊り子ちゃんよ！

男性記者　ラウンドは？　ジョーンズ、ラウンドは？　何ラウンドで？

エディ・ジョーンズ　基本、第1ラウンドだ。でも、オレはニューヨークもそこに暮らしている人たちも大好きだからな、もうちょっと長く逗留するつもりなんだ、だからそうだな、11ラウンドで、そこのじいさんをおねんねさせてやるぜ。

男性記者　どんな試合運びを考えてますか？

エディ・ジョーンズ　ああ、戦略があるんだ、いずれにしても、ロニーみたいに休みなくショーティに向かっていくようなバカなまねはしねえよ。オレのことは心配無用だ、どっちにしろショーティはほかのやつら同様ブラックホールに落ちることになる、ちょっと考えがあるんだ。

ショーティ　みんなちょっと考えがあるんだよな、だがそれも一二本のリングロープの中で俺と真っ向向き合うまでの、そして恐怖に震えながらこう実感する時までの話だ、いつかショーティが倒されるとしても、それはリングの上じゃない……とね。

（記者会見に呼ばれていないトッド・ケッチェルがマイクを力づくで奪うと、一台のカメラの正面に回り込む。）

ケッチェル　へぼ野郎どものでたらめにうんざりしてきたぜ。ここにいるおまえらみんなわかってんだろ、アメリカ中がわかってる、エディにはショーティはぜったい倒せないってことをさ。やつを倒せるのはたった一人、このオレ様だけだ。なぜって、やつを倒したことがあるのはオレだけだからさ、そして一度やったことをオレはもう一度やれる。その試合を、世界中が待ってる。ショーティとシャドーだけがそうじゃない。どうしてこいつらは白人のボクサーをボイコットするんだ？　どうしてショーティは白人のボクサーと試合するのを拒否するんだ？

男性記者　たしかに、最近一五試合の対戦相手の中に、白人ボクサーは一人もいないことが指摘されていますね。

ケッチェル　エディ・ジョーンズもほかの多くの選手も、もし黒人じゃなかったら挑戦者にもなってなかっただろう。だがショーティは、そいつらが黒人でありさえすりゃあ、ビア樽だろうが「渡り鳥《ジャーニーマン》」〔対戦相手を求めて転戦する選手〕だろうが、そっちがいいのさ。

（エディ・ジョーンズがトッド・ケッチェルに飛びかかる。小競り合い。周囲が二人を引き離す。シャドーはそれに乗じてケッチェルを隅につれていき、何事かをささやく。）

シャドー　オマエ、殺すぞ、いつか殺してやる、トッド、俺は言ったことはやるからな。

ケッチェル　（叫んで）見てくれよ、こんどは脅しだ。ブラフだ！　情報操作だ！　オレを殺すと脅すんだ！　オレを殺すと脅したぞ！

シャドー　もちろん、そんなことはしてませんよ。マスコミのみなさんの前での彼の態度はボクシング界のためにならないと説明しようとしたんです。記者のみなさんや視聴者のみなさんに安心していただこうと思ってのことでしたが、はっきり申し上げて、トッド・ケッチェルはふだんはいいやつなんですが、おそらくシャンパンを飲みすぎたんでしょう。

エディ・ジョーンズ　テメエに思い知らせてやるぜ、トッド。オレがショーティをめった打ちにしたあかつきには、テメエの名前をリストの一番先に載せてやるよ。そしてオレのオヤジの墓の前でテメエに誓ってやるぜ、試合の後には母親だってテメエのことが見分けられねえってな。請け合うぜ。

ケッチェル　きさまに請け合われたって関係ないね。オレが興味があるのはショーティだけだ。オレはショーティとやりたいんだ。

男性記者　シャドー、ショーティとケッチェルとの試合は一大イベントになるとはお考えになりませんか？

女性記者　ええ、一種の雪辱戦ですよ。「世紀の雪辱戦《リベンジ》」……夢みたいじゃないですか。

ケッチェル　もちろん夢みたいさ！　だがこの試合は絶対やらないのさ、だってシャドーは人種差別主義者だからな。

スージー・ケッチェル　トッド、もうやめて。

シャドー　なんでもありませんよ、奥さん。いったいどんな黒人優越主義なのか私にはわかりませんが、そんなものを引き合いに出して自分の差別意識を正当化するのは、今日び礼儀にかなったことじゃないでしょう？　そんな論争に巻き込まれるつもりはありませんよ。単純に事実だけを検討しましょう。ボクシングというのはおそらく弱肉強食の世界といえます、しかしそこにもルールがあります。トッド・ケッチェルに現在の彼のランキングを聞いてみてごらんなさい……

ケッチェル　でたらめ言ってんじゃねえ、シャドー。タイトルマッチを組むのにランキングなんて関係ねえことは、きさまが一番よくわかってることじゃないか。すべてのカードを握

っているのは、バスター・マッコーリー、きさまだってこと、きさまだけだってことも
な。マッコーリーが望めばその試合は行われる、すぐにでもだ。だがオレとの試合はい
つだってきさまが拒否してきた、やれ八百長試合だドーピング疑惑だって、噂話だのき
さまのアタマででっちあげたことを持ち出して、オレを潰そうとしたんだ。だがオレは
まだここにいるぞ、まだ倒れちゃいない、まだオレはボクサーだ、マッコーリー。

シャドー　……。私が申し上げたかったのはつまり、世界ランキングをご覧になればトッド・ケ
ッチェルが一〇位にも入っていないことがおわかりになるってことですよ。ところで、
規則というのは絶対なもので……

ケッチェル　規則に絶対なんてあるもんか、絶対なのはきさまだろ。

シャドー　申し訳ないが、トッド、現状じゃあ、その試合はできないな。

ケッチェル　帰ろう、スージー、こんなところ……。みなさん、失礼しますよ。ほら行くぞ、ス
ージー。

（二人、退場する。ざわめき。）

エディ・ジョーンズ　何なんだ……、ったく、何様のつもりだ？　あのタプタプのブタ野郎は。

リポーター　えー、シャドー、トッド・ケッチェルがああ宣言したからには……

シャドー　試合はない、言った通りだ。

リポーター　お聞きの通り、明快な答えです。さて、重要なことはすでに語られたと思います。

今一度ご記憶いただければ幸いです、それでは視聴者のみなさん、土曜日、ショーティVSジョーンズ戦のリングサイドで、みなさんと再びお会いしましょう。ご清聴ありがとうございました。ごきげんよう、CBSスポーツ、ラリー・アブラハムがお送りしました。

(技術スタッフがカメラとマイクを片づけ、ケーブルを巻き取っていく、そのかたわらで、招待客はふたたび話し始める。喧噪。カルテットは《A列車で行こう》の旋律にのせてアドリブで演奏する。その演奏だけが喧噪をより際立たせている。少しずつ招待客が帰って行く。そしてショーティ、ネガス、ムッシュー・ジャン、ミッキー、アンジーが残る。)

シャドー まったく、あのバカが! 遅かれ早かれあいつを踏み潰してやる。モクを踏み潰すぐらいに簡単にな!

ムッシュー・ジャン まあまあ、マッコーリーさん。ここはプティにまかせておけばいい、あいつをめった打ちにしてくれますよ。それでプティの気はおさまるし、大口を叩いてるトッドの馬鹿者もぐうの音も出ませんよ。

ミッキー そうだよ、あいつとの試合、一度はやらせてやればいい。トッドがショーティに三ラウンドも持たないってことははっきりしてるんだし。

ネガス 殴るつもりで骨を投げても、犬はいやがるまい。

シャドー ネガスの言う通りだ。やつの目的がお前たちにはわかってないんだ。勝者になろうとなるまいと、やつはこの試合がしたいのさ。

アンジー　きっとね、でもさっきの五回目の記者会見で……

ムッシュー・ジャン　六回目ですよ。

アンジー　あら……、そう、そのプティ・ジャズの六回目の記者会見、イカレタあいつのせいでメチャクチャじゃない。そのことを話し合ったんだけど、あいつをぶちのめすことにはプティ・ジャズも賛成なの。だったら？

シャドー　だとしても答えはノーだ！　トッド・ケッチェルの望みは、引退する前にポケットを一杯にすることだ。やつはジャック・ポットで当てたいのさ、大当たりが見込めるのはショーティとの試合しかない。だがショーティはジャック・ポットじゃない。トッドのランキングが公式にタイトルマッチ挑戦者になれるところまで上がってきたら試合はやるさ。だが俺たちは救世軍じゃないんだ。俺たちには誰も贈り物なんてしちゃくれない、どんな領分のものであってもな。俺たちはいつもなんだって自分たちで証明しなけりゃならなかった、俺たちが人間だってこともだ、俺たち「世界の長男」（エメ・セゼール『帰郷ノート』の言葉）がさ！　だったら、こんどはトッド・ケッチェルが証明する番だろう！　やつは自分がリングの上で十分強くて、機敏で、賢くて、世界タイトルマッチを云々する権利があるってことを自分で証明しなくちゃなるまい。（面白くなさそうな表情で出て行くアンジーに）試合はないぞ、アンジー。悪いな。

ミッキー　じゃあ、マイクを目の前にするたびにショーティの顔に泥を塗るようなまねを、なんとかしてあいつにやめさせようぜ。

ネガス　もしお前が誰かに噛みつきたいって腹なら、ミッキー、手始めにやつを挑発するのはやめておけ。
シャドー　そうだ、ミッキー、もしお前が誰かに噛みつきたくても、やつを挑発するんじゃない。聞いてるか、挑発するな。また明日、みなさん、行くぞ、ミッキー？　（二人、退場）
ショーティ　（同じく帰ろうとするネガスに）俺も一緒に行きますよ。また明日、ムッシュー・ジャン。明日は一時間遅く始めよう、今夜はくたくただ。
ネガス　さよなら、ムッシュー・ジャン。
ムッシュー・ジャン　さようなら。

（ネガスとショーティ、退場。一人残ったムッシュー・ジャンがリングの上を片づけているうちに暗転。）

2　血が俺を狂わせる。俺のじゃなく他人の血が（ハグラー）*

前場と同じ装置。リングにスポットライト、その中に鎖につながれたアンジーがいる。

シャドーの声　（暗闇で）よし、始めるぞ、アンジー、きみはつながれている。

（カルテットの伴奏でアンジーは黒人霊歌《時には母のない子のように》を歌い始める。歌が終わるとショーティの声が聞こえてくる。）

ショーティ　（暗闇で）恋しい男はきみの足下にいるよ。そのおそろしい囚われの身からきみを救いに来たのだ。

アンジー　（ひざまづき）ええ、ええ、ひざまずいて聖人様たちにお願いします！　階段の下、その敷居の下を見て、地獄の釜が煮えたぎっている。魔王がぎいぎいとおそろしい音をたて大音響でやってくる！

ショーティ　（やはり暗闇で）グレートヒェン！　グレートヒェン！

アンジー　愛しいあの人の声だわ！（彼女は立ち上がる。鎖が落ちる）あの人はどこ？　私を呼ぶ声が聞こえたわ。私は自由よ！　誰も私を止められない。あの人の首に飛びつきたい、その胸に抱かれたい！　グレートヒェンって呼んだわ！　戸口のところにいたんだわ。地獄の阿鼻叫喚の中で……

シャドー　ダメだ、ちょっとストップ。いいか、アンジー、このくだりをもう一回やるのは、また例の悪い癖が出てるからだ。一〇〇回は言ったぞ。無意味に円を描くみたいに動き回るんじゃない。前にもやっただろう……。ブロードウェイの女優みたいに両手をくねら

＊マービン・ハグラー。一九八〇年から八七年まで統一世界ミドル級チャンピオンとして一二回防衛し、「マーベラス」「ミスター・パーフェクト」の異名を持つ。一方では修行僧のようなストイックさが知られている。

せてぐるぐる回るんじゃない。彼の声を聞いたら、リングのコーナーに行って彼を捜すんだ。よく聞けよ、このリングの売女は宙に吊るされていて飛行船のように世界の上に浮かんでいる。そしてショーティの声は、下から、奈落から聞こえてくる。だから井戸の中にいるように見るんだ。……じゃあ、最初からもう一度。

アンジー　「グレートヒェン！　グレートヒェン！」のところからもう一度お願い、ショーティ。

ショーティ　（暗闇で）グレートヒェン！　グレートヒェン！　グレートヒェン！

アンジー　愛しいあの人の声だわ。あの人はどこ？　私を呼ぶ声が聞こえたわ。私は自由よ！　誰も私を止められない。あの人の首に飛びつきたい、その胸に抱かれたい。グレートヒェンって呼んだわ、戸口のところにいたんだわ。地獄の阿鼻叫喚の中でも、悪魔のようなすさまじい嘲笑の中でも、あの人のとても甘くて愛しい声は聞き分けられる……

ショーティ　（リングにのぼりながら）俺だ！

アンジー　あなたなのね！　ああ、もう一度言って。（激しく彼を抱きしめる）あの人よ、あの人だわ！　つらい苦しみはみんなどこに行ったの？　牢獄にいるおそろしさは……？

シャドー　そのまま彼を抱きしめて……。いいぞ、そのまま離れないで。「あなたなのね、ああ、もう一度言って」、そこでキスする、「あの人よ、あの人よ」キスする、「つらい苦しみはみんなどこへ行ったの?」キス、「牢獄にいるおそろしさは?　あの鎖は……?」もう一度キスして、「あなたなのね、私を救いに来てくれたのね」そこだ、そこで長く、やさしくキスするんだ。そしてこの抱擁の間、明かりは……、ああ、舞台監督、聞いてるか！「あなたなのね、救いに来てくれたのね」、この台詞の後、二人は抱き合ってる、その間にスポットの明かりが大きくなっていって暗闇を押しのけ、最後は舞台がすっかり明るくなる。さあ、もう一回。

アンジー　あなたなのね！　ああ、もう一度言って！（二人はキスする）、あの人よ、あの人だわ！（二人はキスする）、つらい苦しみはみんなどこに行ったの？（二人はキスする）……

シャドー　ちがう、ちがう……わざとやっているのか？　聞けよ、チャンプ、このキスはとても重要なんだ、よくわかってるだろう！　だからどうしてお前がいきなり誰だかわからない人物を演じ始めるのか俺にはわからない、そんなものは存在しないってことははっきりしてるがね。お前のくちびるなんだよ、アンジーのくちびるを求めているのは、彼女のくちびるから得られる喜び、彼女の身体、彼女の手、お前の身体に触れる彼女の胸、吐息、待ちわびた女の匂い、それを感じて得られる喜びを求めてるんだ。お前だけが、それを感じられるんだ。何度も言っただろう、俳優っていうのは役を演じるやつでもその人物になりきろうとするやつでもないって。ブロードウェイならそんなうそっぱちを教えてくれるだろうがね。俳優っていうのは、自分自身との契約を断ち切ろうっていうやつのことだ。自分自身の秘密を暴き出して、それを他人にくれてやろうっていうやつのことだ。それ以外はただの媚びへつらいだ。お前がアンジーを求めていることも、アンジーがお前を求めていることもわかっている。客が見たいのはそこからだ。だからキスされているんじゃない、お前がアンジーを抱くんだ。もう一回だ、アンジー。

アンジー　ああ、あなたなのね、もう一度言って！（二人はキスする）あの人よ！　あの人だわ！　つらい苦しみはみんなどこへ行ったの？（二人、キスする）牢獄にいるおそろしさは？　あの鎖は？（二人はキスする。しだいに照明の輪が大きくなっていく）私は救われたんだわ！　ええ、ここは初めてあなたを見かけたあの道、そしてマルタと私があなたを待ったあの素敵な庭ね。

ショーティ　（彼女をひっぱって）おいで！　ついておいで！

アンジー　ああ、このままでいて！　あなたがそばにいてくれたら私は幸せなの（ショーティを愛撫する）。

シャドー　ほら、そこだよ、美しくないだろ？　ＯＫ、休憩しよう。つぎはネガスとの場面をやっつけるぞ。準備してくれ、ネガス、準備ができたら始めるから。ここの変更をどう思う、アンジー？

アンジー　ええ、いいと思うわ。別の芝居をやっている気がするわ……。ええ、いいわ。

ミッキー　（入って来て）やあ、みんな。

全員　やあ、ミッキー。

ミッキー　例のお祭り騒ぎ、テレビで見たかい？

シャドー　何を？

ミッキー　ほら、ケニー・リチャードの番組だよ。田舎者が集まってボクシングをこきおろしてる。ボクシングはこれこれこうだから禁止すべきだ、危険なんだって言うのさ。ったく言いたい放題さ！

ムッシュー・ジャン　言わせておきなさい、ミッキー、それであの人たちが楽しいのなら……
ミッキー　いい気になってるってわけさ、あのバカども！　すごかったんだぜ。
ネガス　そうなんだ、ムッシュー・ジャン！　前からこうだ……
ミッキー　そんなことはわかってるさ。だが請け合うね、今回は冗談じゃすまない。政府でさえ……
シャドー　いいから、ミッキー！　ネガスに話をさせろ！
ネガス　こんなことはずっと前からだ、ミッキー。ジャック・ジョンソン〔黒人初の世界ヘビー級チャンピオン、ガルベストンの巨人〕が世界チャンピオンになってから、ボクシングは危険なものになってしまった。ボクシングは、ジャズと同じなんだ。五年か六年ごとにジャズの死が宣告される。このリングに誓って言うが、五年後にも、いま口汚く罵っているその同じ口がやっぱりボクシングは死すべしと言っているのを目にするだろう。ブタがぴぃぴぃ鳴く声に耳を貸せば、いつまでもお悔やみを言い続けなけりゃならん。青いな、ミッキー、お前はまだ青い……。
シャドー　そもそもそれが真剣《まじめ》な話なら、俺たちはその番組に呼ばれているはずだ。（ロープに倒れ込んでいたショーティが急に笑い出す）どうした？
ショーティ　いま俺は重大な決心をした、そう考えただけで笑えてきたのさ。俺はボクシングをやめる！
（同時にどこからともなく記者、カメラマン、テレビのカメラ・クルーの一群が舞台に乱入する。）

男性記者　では今回、いよいよおやめになるんですね？
ショーティ　はい、お集りのみなさん、ショーティからみなさんにご挨拶をさせていただきます、ショーティは退場します。幕引きです！（ネガス、退場）ジョーンズ戦を最後に、ショーティはもう他人をぶちのめすのをやめます。
男性記者　何ラウンドで勝利するつもりですか？
ショーティ　第1ラウンドだ。
男性記者　十日前には、第7ラウンドとおっしゃいましたが……。
ショーティ　十日前にはリングを離れる決心をしていなかった。だが俺はいま、早くリングを去りたいんだ、できるだけ早いほうがいい。
男性記者　ボクシングを捨てようと突然決心したのにはどんな理由があるんですか？

（シャドーはショーティの襟首をつかまえてひそひそと話す。）

シャドー　どういうつもりだ？　気が変にでもなったのか？
ショーティ　みんなのまえでお前の面子《めんつ》をつぶすようなマネを俺にさせないでくれ。放してくれ。
シャドー　お前は少し頭が足りないんだろうが、それにしてもこんな大騒ぎをして発表したかったわけじゃないだろう。（シャドーはショーティを放す）行くぞ、ミッキー（シャドー、退場する、ミッキーがあとに続く。マスコミの面々はしばしためらったまま、シャドーのあとに続いてそそくさと退場する。舞台にはムッシュー・ジャン、アンジー、ショーティが残る。）

ムッシュー・ジャン　しかし、何があったんだね、プティ？　いつもの気まぐれだといいんだが。

ショーティ　ちがう、今回は本当にもううんざりなんだ。リングに上がることにもうなんの喜びも感じない。

アンジー　でもどうして？

ショーティ　もう怖くないんだ。

アンジー　どういうこと？

ショーティ　言った通りさ、もう怖くないんだ。そもそもリングの上で怖かったことなんて一度もなかったじゃないか、とも思った。いや、デビュー戦のころはたぶん……、そう、たぶん。でも今はもう怖くない。さもなきゃ、どうして試合を数日後に控えて役者なんてできるんだ？　どうして俺のトレーナーもマネージャーもスパーリング・パートナーも、どうしてみんな練習しようとしないんだ？　どうしてだ？　なぜなら、俺が怖くないだけじゃない、周りの人間たちもみんな、もう怖くないからさ。俺がエディ・ジョーンズを倒すって、ほかのやつらを倒したように……そしてエディのあとに続くやつらを倒していくように、俺がやつを倒すってみんなわかってる。危険がマンネリ化しちまったんだ。

ムッシュー・ジャン　馬鹿なことを言ってはいけませんよ、プティ。負けたいんですか？　彼らの前に腹這いなって横たわりたいんですか？　私たちがここにいるのはあなたがそれを望んでいるから、ネガスが言うように、あなたの子どもっぽい気まぐれを満足させられるようにですよ。ええ、あなたは練習なんてしなくてもきっとジョーンズに勝ちますよ。あなたは特別だから、少なくとも今のあなたはそうです。あなたはつらい練習をしてこんなふうにもう怖れなくてもいい権利を手に入れたんです。ですが思い出してごらんなさい、シャドーがあなたを私に預けた時、あなたはただの「渡り鳥《ジャーニーマン》」、試合を求めてどこにでも行く三流の選手にすぎませんでした。たしかにリングの上のあなたはその時からエレガントでした……あなたはただすごいことをやってやろうとしていただけでしたから。ええ、そう、エレガントでいるためにあなたはエレガントでした。けれどあなたのジャブは切れ味が鈍く、足は少々開きすぎていましたし、少しでもローリングできる空間があればすぐそこに逃げ込んでしまう癖もありました、右を出せば体が開いて……。それにしたって、あなたの人生にとって私が空気のようなものでしかなかったとは言わせませんよ、プティ！

ショーティ　俺を苦しめるのはやめてください、そんなことは全然言ってません。でも、自分がもう恐怖心を持っていないことはわかる、足が開いていようがいまいが俺が勝つことはわかるんです。そしてそれはあなたもわかってる。そうじゃなければ、あなたは俺と一緒にここにはいないでしょう。

ムッシュー・ジャン　いやはや！　あなたは何が欲しいんです？　恐怖を感じることですか？　敗北感を知りたいんですか？　それじゃあ甘ったれた子どものような言い草ですよ、なんでも持っているのがつまらなくて、わざわざ面倒を起して楽しもうっていう人たちみたいじゃないですか。負けるということがどんなことか想像できますか？　私はしょっちゅうでした、何度もマットに横たわりました。これまであなたが耳にしてきた叫び声は、崖っぷちに追い詰められている相手をさらに強く打ちのめせとあなたに懇い願うものだけです。あなたは一度だって、突如ヒステリックに吼えたてる観衆を前に自分の汗や血反吐にまみれて倒れこむ自分の身体《からだ》というものを感じたことがありません。小さくて誰よりもか弱い犠牲者《いけにえ》、観衆はそんなおまえを応援してるんじゃない……。やつらが声援をおくっているのは死刑執行人だ、プティ。そしておまえは、やっとの思いで立ち上がる、身体《からだ》には力が入らない、だが頭ははっきりしている、おそろしいくらいにはっきりしている、なぜならおまえは最後まで見届けなくちゃならないからだ。だからおまえは立ち上がる、罵声をあびてぼうっとしながら、しかもおまえは罪悪感で一杯だ。なぜならそういう時、人は自分に非があると思うからさ、プティ。凌辱されるのを待つ女のように罪悪感で一杯だ。勝者はさらに前に進み出る、おまえの弱さと血を見せられて殺戮者の本能はますます刺激される。ハグラーは言っていた、血が……他人の血が自分を狂わせると。だから相手は前に進み出る、前に行かなきゃならない、客が血を求めているんだ、血、血だよ。相手が打ってくる。神経の次にやられるのは頭だ。おまえが立ちあがったその時、レフリーが割って入る、それで一巻の終わりだ。そしておまえは自分が丸裸にされているように感じるんだ、おまえをかわいがってくれた人たちは視線を落とし背を向ける、恥ずかしいからさ、おまえのせいで恥ずかしい思いをしているんだ、プティ、それは悲惨だ。おまえを愛してくれる人たち、おまえはその人たちに恥ずかしい思いをさせてるんだ。それから勝者が近寄ってくる、おまえの肩を親しげに叩きやさしい言葉をいくつかかけてくれる、まるでおまえが勝ったかのようにその腕に抱いてくれることもあるだろう。なぜって、知ってるからさ、おまえが自分はひとりっきりで丸裸にされてると感じていることを、そしてガキのように震えていることを、もうおまえに向けてはくれなくなった視線の冷たさをおまえが感じていることを知ってるからだ。あなたが欲しいのはそういうことですか？　本当に？　私はあなたにそうはなってほしくありませんよ、プティ、ですがいつかあなたにもそういう日が来ます。今、チャンプはあなただ、そしてチャンプは恐れないものです、怖がらせなくちゃならないのはあなたなんです。明日は練習があるのを忘れないでください。さようなら、アンジー。

アンジー　さよなら、ムッシュー・ジャン。（ムッシュー・ジャン、退場）

ショーティ　口先だけ！　口先だけだよ！　あの人もやつらと一緒だ。

アンジー　誰と一緒だっていうの？

ショーティ　あの人はやつらの仲間だと言っているのさ。

アンジー　だから誰のことを言っているのよ。

ショーティ　教えてやるよ……。時間はかかったけど、ようやく目が覚めたんだ。はじめから全部お膳立てがされていたんだ、全部仕組まれてたんだ！

アンジー　ねえ、何があったの？

ショーティ　俺には……ボクシングだけ、でもそれも終わりだ。シャドーのためにも誰のためにも、もうボクシングはやりたくない。

アンジー　あなたがシャドーのためにボクシングをやってるなんて、誰が言ったの？　あなたがボクシングをやっているのは自分のためじゃない、それにコミュニティのため……

ショーティ　ああ、コミュニティね！　すてきな冗談だよ！　そう言ってみんなが俺を丸め込んだんだ。それからネガスのあのくだらないたとえ話で……

アンジー　ネガスのこと、そんなふうに言う権利、あなたにはないわ。あなたにはたぶんそんな自覚はないんだろうけれど、プティ・ジャズ、でもね、子どもたちにとってあなたの試合はいつも希望をつないでくれるものなのよ。シャドー、ムッシュー・ジャン、ネガス、みんな忘れなさい。私のことも忘れていいのよ……でも、子どもたちのことは考えて。

ショーティ　OK、わかってる、わかってるよ……。（ショーティは踊り始める）

打て
打て　ショーティ
打て　幼い子どもたちのために
夢を砕かれ
踏みつけられ
奪われた子どもたちのために
打て
打て　ショーティ
打て　幼い子どもたちのために
寒さに震え

喉は乾き
お腹をすかせた子どもたちのために
打て
打て　ショーティ
打て　幼い子どもたちのために
タバコの煙のように命は消えて
吸い殻のように踏みつぶされ
灰にまみれた共同墓穴に
かかとで押しやられる子どもたちのために
打て……

（ショーティは動きを止める）わかってるよ、アンジー、わかってる。でも俺はボクサーでしかなくて、そして俺はボクサーなら誰もが感じていることを感じたい、迷いやおそれ、そして敗北さえも。

アンジー　でも負けたことならあるじゃない、ショーティ！　デビューしたてのころは負けるんじゃないかって不安がってた、実際トッドに負けたでしょ！

ショーティ　俺が言っているのは頂点から転げ落ちる恐怖だ。ボクサーっていうのは頂点に近づけば近づくほどおかしくなる、恐怖でおかしくなるんだってネガスは言う。猛獣使いを作るのは猛獣じゃない、恐怖だ、それと同じ恐怖がボクサー一人一人を頂点に向かわせるんだ。そしてこの俺はチャンピオンだ。理屈から言えば、恐怖のピークにいるってことになる。なのに、試合のたび、試合の前も、試合中も、試合が終わっても、イケない女みたいに感じるんだ。よく新聞記者に言うだろ、ボクサーは自分を賭けて博打をやっているんだって……。でも俺は何も賭けちゃいない、勝つことがわかっているんだから。

（アンジーは、小動物を怖がらせないようにするように、そっとショーティに近づく。ショーティの顔を撫でる。二人はそっと互いをその腕に抱きしめあう、母と息子のように。）

アンジー　そういうこと、どうしてこれまで一言も言ってくれなかったの？

ショーティ　そんなところに入り込んだのも、そこから出なくちゃならないのもこの俺なんだ。こんな話にアンジーを引きずり込みたくない。

アンジー　（ショーティのうなじを愛撫し彼をなだめ落ち着かせて）……ねえ、プティ・ジャズ、いつも勝つっていうその確信はどこから来るの？

ショーティ　でもそうなんだ。

アンジー　（長い間ショーティの目を見つめて）……いいえ、何も言わないで、何も説明しないでいいのよ。一番のままでいて、それがいいわ。私たちはブラック・アメリカン……。ここでは負けてもしかたがないってみんな思うかもしれない。でも私たちはちがう。だって勝ち組にしか居場所はないんだもの。けっして忘れないで、希望さえ苦しみとなるこの場所から私たちは抜け出すんだってことを。ぜったいに忘れないで、プティ・ジャズ。私たちはブラック・アメリカンなの。あなたが一番強いのはいいことよ、ずっとそうならもっといい、その代償がどんなものでも、プティ・ジャズ……どんな代償だって。……ねえ、あなたのムッシュー・ジャンに対するさっきの態度、よくなかったわ、彼はあなたのこと愛してるのよ、パパだってきっとあんなふうに愛せないわ……。

ショーティ　俺は愛してくれなんて頼んでない、鍛えてくれ、それだけだ。つまりアンジーは何もわかってないのさ、アンジーは！　あの人がどうやってオレの人生にランディングしたのか、知ってるか？　ある朝、彼がシャドーと一緒に降りて来たのを見たよ。彼を俺にあてがったのはシャドーなんだ。

アンジー　だから？

ショーティ　白人嫌いのあいつが自分のボクサーのトレーナーにまさしく白人を選ぶなんて、驚かないのか？

アンジー　ムッシュー・ジャンはユダヤ人だもの。

ショーティ　たぶんな、でもまず白人だ。ならどうして彼なんだ？

アンジー　たまたまよ。

ショーティ　たまたまなんて好きじゃない。

アンジー　シャドーはあなたにできるかぎり最高のトレーナーをつけたかったのよ……。

ショーティ　トレーナーがママだったとしても、俺はやっぱりショーティになっていたさ。反対に誰もムッシュー・ジャンのようにはできなかったと思うのは、俺を息子のように愛してくれることのほうだ。あの人は愛するように仕込まれているのさ。俺にはトレーナーより子守りが必要だってシャドーはわかっていたのさ……、そしてムッシュー・ジャンはパーフェクトな子守りだ。

アンジー　ショーティ！　そんなの全部あなたの頭の中で考えたことよ、その小さな頭でね。言ったでしょ、たまたまだって。誰だって知ってるわ、ムッシュー・ジャンとシャドー、表には出さないけど、二人がお互いに大っ嫌いだってこと。

ショーティ　それでも、二人はぐるだ。

アンジー　じゃあ、それであなたがどうなるっていうの？　あなたはチャンピオンじゃないの？　ムッシュー・ジャンはいい人よ。シャドーが嫌いで、シャドーのほうも嫌っている人が一〇〇％悪い人なんてあり得ないわ。（間）それにあの人たちがそんなにうんざりなら、離れればいいじゃない、別のトレーナー、別のマネージャーを見つけなさい。

ショーティ　できない。

アンジー　えっ？　できない？

ショーティ　契約がある。

アンジー　どんな契約？　でも契約なら交渉すればいいし、解除もできるじゃない！

ショーティ　そういうのじゃない。

アンジー　あなたの契約はダイヤモンドでできているのね、きっと！　ねえ、プティ・ジャズ、私、もうクラブの仕事に行かなきゃ。あなたの頭の中がもう少し整理できたら、もう一度話しましょう。（アンジー、出て行く）来る？（ショーティ、あとに続く。暗転）

3　負け試合はいらない

ジャズ・クラブ、紗のかかった照明《あかり》に照らされている。上手奥にジャズ・カルテットバンド。アンジーが《ペルディード》を歌っている。カウンターにはトッド・ケッチェルが酔ってうなだれている。スージーはテーブル席に一人で座り、ひどくぴりぴりしている。ショーティが慌てて入ってくる。スージーはショーティのもとへ行き、挨拶をかわして話をする、おそらく彼女の夫のことである。スージーは自分のいたテーブルを見つめている。同時に、半分実業家、半分ヒモだが金はあるチャーリー・チャックがショーティに自分のテーブルに来て一緒に座れと合図をしている。アンジー（歌っている）がショーティにトッド・ケッチェルが来ていると合図を送ると、ショーティはスージーからもう聞いていると合図で返す。カルテット（アンジーを除く）が、《イン・ア・センチメンタル・ムード》へと切れ目なく演奏を続ける。

チャック　おい、座れよ。おまえの妹は素晴らしい。女神の歌声だよ！　要はさ、大満足さ。悪いが、今夜トッドに何があったかなんて知らねえなあ。あいつは相変わらず騒ぎを起こしてる、少なくとも三回は邪魔してくれたよ。でもそんなのちっともおれには関係ないね、ああ、全然さ！　超、超、楽しんでるぜ……。何にする？

ショーティ　いや、何も。もうすぐ試合なんだ。だから、な、アルコールも何も、そういう時じゃないんだ。

チャック　ああ、そうか、ジョーンズとの例の試合か……。それじゃあ、ここはおまえの来る場所じゃないだろ、兄弟！

ショーティ　アンジーに会いに寄っただけだよ。

（アンジーが二人に加わる）

チャック　やあ、アンジー。きみの兄貴に、今夜、おれがどれほど堪能したかを言ってたところだ……。いや、いや、本当だよ。きみの声は生命《いのち》そのものさ。

アンジー　言いすぎよ、チャーリー。生命そのものなのはジャズ、私の声じゃないわ。

チャック　おれの意見は変わらないよ。アンジー、きみは生命そのものだよ。きみは……、そう、酸素と同じなんだ。要はさ、おれはきみの声を聞いているんじゃない、きみの声を呼吸しているんだ。あのトッドの間抜け野郎が騒ぎを起こして、落ちぶれ果てた姿に吐き気がするほど嫌気がさしても、きみの声さえあれば救われる。

ショーティ　やつが騒ぎを起こしたって、本当なのか？

アンジー　ええ、でも放っておきなさい。ちょっと酔ってただけよ。

ショーティ　スージーも言ってたよ。

アンジー　あなたのこと、怒ってるのよ、あなたがボクシングをやめるって言うから。

チャック　なあ、本当にそうだぜ、おまえ、やめちまうのか？

アンジー　着替えてくるわ。またあとで、チャック。（退場）

チャック　あとで。それで……　おまえ、やめるのか？

ショーティ　ああ。

チャック　シャドーか、だろ？　おまえたちが以前ほどうまくいってないって噂してる。要はさ、おれはそうなると思ってたんだ、遅かれ早かれ、おまえはやつといたら窮屈に感じるようになるってわかってたよ。あれはマネージャーじゃない、ヒモさ、あいつは。思いだしてくれよ、ショーティ……。昔なじみのこのチャックが忠告しただろう。だけど、ふん、そうだよ、だれもチャックの言うことなんて聞いちゃくれない……。だがな、一回でいいから聞く耳を持ってくれ。チャンプ、栄光の絶頂にいるおまえがヒモ野郎のためにボクシングをあきらめるべきじゃない。ボクシングはおまえそのものだ、ショーティ。シャドーのところが窮屈なら、チャックのところがある。金のためにそう言っているんじゃない、芸術のためだ、ただそれだけだ。だって、おまえのボクシングは夢と現実の架け橋なんだから。要はさ、値段を言ってくれ、芸術が勝利するためならなんだってやるつもりだ。おまえ一人のために、おれが抱えてるボクサー全員、手放す覚悟だ。（トッドを指差し）ほら、あのカウンターで伸びてる酔っぱらい、やつの場合なら、おれの取り分は三五％だ。マテオは五五％、あの「殺人鬼グレイヴ・ディッガー」〔墓掘り人の意。中世に実在した殺人鬼の名〕は四五％、ショージ・マグラマは一七％、そしてミドル級チャンピオン、カルロス・ザパタは、なんとなんと八五％……。おれがマネージメント契約しているやつらはそこらじゅうにいる。それをさ、要はさ、おまえ一人を手に入れるためなら全部一掃する。さあ、どうする？　何か言えよ、いくらだ！

ショーティ　シャドーと俺はすごくうまくいってるよ、チャーリー、それは関係ないんだ。ただ、俺が去ることで若いやつらにチャンスをあげたいだけなんだ。なあ、チャーリー、もう余計な試合はしたくないんだ……

チャック　おまえはまだバリバリの現役じゃないか、ショーティ。おまえは何を言ってるんだ？　要はさ、おまえが一番強いかぎり、おまえが一番若いんだ。余計な試合っていうのは負け試合のことだ、二十歳だろうがな。どんな負け方だろうが負け試合は余計な試合さ。このチャックが言ってやる、おまえのボクシングで、要はさ、おまえは頂点に居続ける、あと十年、少なくともあと十年は。娘の首にかけて誓うよ。

（アンジーが現れる。話をしているうちに、ジャズ・クラブには少しずつ人がいなくなっていく。カルテットは《イン・ア・センチメンタル・ムード》を演奏し終えるとそっと退場する。スージーがトッドを起こすとトッドはショーティに気づく。）

ケッチェル　あ、見つけたぞ、この野郎！　そうだ、そんなふうに、おまえは行っちまうんだ、逃げ出すんだ。タオルを投げちまうんだ。おまえはトッドを、ガキの頃からの友だちを見捨てるんだ。砂場で一緒に遊んだじゃないか、ショーティ。一緒に大きくなった仲だろ。おい、アンジー、おれたちマジで一緒に大きくなったじゃないか。それが今じゃおれを見捨てるんだ、幼なじみのトッドに、ほんのちょっとの憐れみもなけりゃ、チャンスもくれずに。（最後に残っている客たちに）おれのせいなんだよ、こいつがボクシングをやめるのは、ショーティはおれから逃げてるんだ。おれが怖いのさ、おれだけがやつを打ちのめせるってわかってるから……

スージー　（ショーティに）相手にしなくていいんですよ、申し訳ありません、相手にしなくていいんです。

ケッチェル　どけよ、スージー、ションベンちびったチキン野郎のケツを蹴飛ばしてやるんだから。おまえなんか本当の友だちじゃない、ショーティ。友だちなら、おまえがおれにしたような真似はぜったいしない……

スージー　（ケッチェルを抑えながら）手を貸してちょうだい。すみません、手を貸して。

（客数人が手伝って無理矢理ケッチェルを連れていく。）

ケッチェル　これで終わったと思うなよ、ショーティ！

チャック　ったく支離滅裂だな！　かつてあの男にはなんでもあったのに、肌の色も、才能も。無駄にしてくれるよ！

ショーティ　（退場しつつ）さよなら、チャック。帰るかい、アンジー？

チャック　待てよ、ショーティ、一つだけ頼みたいことがあるんだ。（アンジーは自分が邪魔なことがわかって距離をとる）ほら、読んだんだけど、ジョーンズとのおまえの引退試合で、おまえは早く決着をつけると決めたって。1ラウンド目から勝ちに行くつもりだってみんな言ってる。そう言ったのか、えっ？　マスコミの流した噂じゃないのか？
ショーティ　ああ言った、そう言わざるを得なかったんだ。
チャック　というのはさ、わかるだろ、おれのところにおまえが来ないのはかまわないんだ、おまえの好きにすればいいさ。だがこの最後の試合で、要はさ、おまえの助けが欲しいんだ。この引退試合でお前は言ったとおりのことをするだろうって、みんな信じてる。だからみんな第1ラウンドに賭けてくる。そこでだ、要はさ、おれには小金があって、それを第3ラウンドに賭けたいなあと思ってる。（ショーティは微笑む）なんだよ、第1ラウンドでできるなら、第3ラウンドにだってできるだろ、ちがうか！　おれのためにそうしてくれよ、お別れのプレゼントだと思って。
ショーティ　チャーリー、俺がマスコミに言ったことは、試合前のおしゃべりにすぎない。大口叩いているだけだよ。
チャック　大口、大口って……。そう言って、いつもおまえは言ったことを実行してきたじゃないか。
ショーティ　まったくの偶然さ、チャーリー。試合っていうのは旅みたいなものなんだ、最後はどうなるかなんて、まったくわからないんだ。行こうか、アンジー？
チャック　なあ、ショーティ、おれのためにさ、要はさ、第3ラウンドだ。おれは第3ラウンドに全部賭ける。
ショーティ　好きにしたらいい、チャーリー……、だが、悪く思わないでくれ！
アンジー　じゃあね、チャーリー。

チャック　さよなら、アンジー。（急に立ち上がり、二人を追って）なあ、ショーティ……、待てって。もっといい話があるんだ……、ショーティ……

4　KOなしの試合なんて、まるでオルガズムのないセックスだ

シャドーの家。リヴィングには誰もいない。ミッキーがほとんど何も着ていない格好で入ってくる。彼はいったん出て行くと新聞の束を抱えてふたたび現れる。座って、その新聞を読む。

ミッキー　（姿の見えないシャドーに向かって話す）おいおい……手加減なしだな。バジル・ブランドは「世界チャンピオンにはふさわしくない試合」って言ってる、アーサー・ヤンセンは「ショーティはマディソン・スクエア・ガーデンの客を馬鹿にしている」って書いてるよ。じゃあマシューーズの締めくくりの言葉、わかるかい？　「ショーティがボクシングを失う前にボクシングがショーティを失うことを受け入れる時だ！」だって。聞いてる？　タイムズ紙のバーニィ・マシューズが書いたんだぜ。「ショーティがボクシングを失う前にボクシングがショーティを失うことを受け入れる時だ！」あんたは、ショーティが観客《きゃく》にかけた魔法が破られたなんて思ってないだろ？

（シャドーがパジャマ姿で現れる。）

シャドー　ちゃんと服を着ろ。（読む）
ミッキー　言うだけ無駄なのに。この試合は、第10ラウンド以外はショーティが始めから終わりまで試合をリードしていた。時々、ジョーンズがパンチング・ボールに見えたよ。やろうと思えば、第3ラウンドに入ってすぐにでもKOできただろ。
シャドー　見たとおりだ、ジョーンズはそうならなかった、第1ラウンドでも最終ラウンドでも。服を着ろ！
ミッキー　それで？　ショーティは勝った、それだけだよ！
シャドー　断じて違う、それだけじゃない。みんなはもうショーティが勝てばいいわけじゃないんだ。彼らがショーティに期待しているのはKOだ。ただのボクサーじゃもうダメなんだ。みんながショーティに求めているのは闘牛士みたいなボクサーだ。闘牛士がやって来て華麗なパセやら何やら見せただけでとどめを刺さずに帰る、そんな闘牛士を想像できるか？　そう、みんな満足しやしない、ブーイングが起こるだろう。ボクシングでいえばKOだ。KOのない試合なんて、オルガズムのないセックスと同じだ。服を着ろ、ミッキー。ショーティとあいつの妹がもうすぐ来るんだ。
ミッキー　（袖にひっこみつつ）言っとくけど、結局さ、みんながブーイングするのは当然だよ。最近の七試合、判定でしか勝ってないからな。そのうちオルガズムのないセックスはあきられる、とりわけ七回目となりゃ。……。ひょっとして、芝居に時間をとられてすぎてるんじゃないのか。そもそもオレには理解できないよ、どうしてあんたが彼にあんなことをけしかけるのか。あんたも演出家気取りで、全部……
シャドー　何が言いたい？　あいつはあれをやるのをずっと夢みてた。で、今じゃ名前が売れて、おかげで俳優がやれる。月並みな話だ。
ミッキー　（オフで）わかるけどさ、でも、ほかのことだってできただろう。ふつうスターっていえば、むしろ歌を歌ったり、音楽をやったり、映画だってあるじゃないか……。それに芝居をやるにしたって、あんたが彼にやらせてる、あの陰気な芝居じゃなくて……、オレなら何か面白いやつを選ぶね……。オレが彼だったら、知ってる世界のことをやるよ、クールなやつ、何か……そう、ものすごく実入りのいいやつを。（ふたたび登場する、服を着ている）言っとくけど、ショーティはもうそう若くはないんだぜ。
シャドー　あいつが年寄りだって思うのか？（ミッキーはその質問に驚いた様子を見せる）あいつと練習してるんだろう？　あいつのボクシングは年寄りのそれだと思うのか、あいつのパンチは年寄りのそれだって？　あいつは年をとったか、肉体的に……？
ミッキー　いや……そういうつもりじゃなくて……ただ……。たしかにさ、彼は年をとってるようには見えない。でも、どうしてかわからないけれど、彼は昔からボクシングをしているっていう印象があって……、つまりオレが生まれたときからずっと、みたいな……。いずれにしても、彼がボクシングを始めてからずいぶんになる……。時間が彼を素通りしているみたいだよ。
シャドー　人生もあいつを素通りさ。
ミッキー　言いたいことを言わせてもらえば、芝居をやるっていうのは年寄りがやることさ……

じゃなけりゃ、白人のやるこった。芝居なんてラテン語のミサみたいなものだ、ほら……もう誰も使わなくなった言葉と同じだ。だからさ、ボクサーが、あんなふうに茶番をやるのは……。つまり、見た目は若くても中身は年寄りなんだろうってことさ。たとえば第10ラウンドだ、ガードを下げて、まるで自分がリングの上にいることを忘れているみたいに、何の反撃もせずに山ほどパンチをお見舞いされてた時とか。モハメ・ド・アリみたいにジョーンズをコケにしたかったみたいだった！　ジョーンズがどんなパンチャーなのかよくわかった、でもショーティは不死身のサンドバッグにちがいない、彼がマットに沈まなかったのは奇跡だよ。でも、思うんだけど、ショーティは第10ラウンドで一瞬、記憶が飛んだんじゃないか……、記憶の欠落、年寄りの例のやつさ。

シャドー　年寄りっていうのは、マットに沈むやつ、群衆の野次の中で自分のよだれと汗、血反吐にまみれるやつのことだ。年寄りっていうのは、試合が終わった時、その腕を高く挙げてもらえないやつ、憐れみの眼差しを向けられるやつ、あるいはあえて見ないようにされるやつのことだ。肩をポンと叩かれて「気にするな、おやじ、悪くなかったよ、だが、これがボクシングさ」って言われるやつのことだ。年寄りっていうのはそういうやつのことだ、ミッキー。お前に言ったはずだ、「お前が一番であるかぎり、お前が一番若い」ってな、それがきまりだ。だから第10ラウンドで記憶が飛んだなんて話を俺にするんじゃない。お前が知りたがるから言うが、ショーティはわざとやったんだよ、負けそうになる感覚、怖いっていう感覚を得るためにな。あいつはそのために芝居をやっているんだ……。舞台の上じゃ、痛めつけられるのは身体じゃない、心だ。そっちのほうがこたえる。敗者だけが、本当の敗者だけがその深い苦しみの淵にまで落ちる。そして俳優は生まれながらの敗者だ、とりわけ成功しそこなった俳優はな。ところでショーティはみんなが考えているのとは反対にボクサーじゃあない、あいつは成功しそこなった俳優なのさ。

ミッキー　じゃあオレはそこで何をわかればいいわけ？　どうしてあんたはオレにチャンスをくれるのをためらうんだ？　でもオレに約束しただろ。オレはもううんざりなんだよ、芝居野郎がリングの上で猿芝居に刺激を求めるのにはさ。オレはボクサーなんだ、時間はオレの上は素通りしちゃくれないし、オレは心の傷を癒すためにボクシングをしてるわけじゃない。オレはチャンスが欲しいんだ、たった今！　タイトルを取りにいける面白い試合を組んでくれるって約束したじゃないか。そういう試合を今やりたいんだ、シャドー！

シャドー　我慢しろ、ミッキー、条件が揃う時まで待つんだ。

ミッキー　待て、待て、か。でもあいつの態度がボクシングの権威を失墜させてる。マシューズの言う通りさ、ショーティはボクシングを殺しちまう。以前なら、記者会見の時のショーティは自信満々で、傲慢で、その口は毒舌を吐いていた。今オレたちが目にしているのは、ありゃなんだ？　言葉を飲み込んで罵詈雑言を吐かないようにして、自分じゃ思慮深いと思ってる阿呆な言葉を口にする年寄りさ。ざけんなよ、それはもうボクサーじゃない、道化師だ、あんただってそう言ってたじゃないか！　あんたとあいつの間には何があるんだ？

シャドー　やれやれ、ミッキー、そうじゃない。お前と俺の仲とはちがう。
ミッキー　悪かったよ……悪かった。
シャドー　あいつと俺の間には何もない、ボクサーとマネージャーの間にあるはずのもの以外はな。タイトルマッチのことはもう少し待つんだ、ショーティがやられるまで。さもなきゃお前はショーティを相手にしなけりゃならないし、俺はそんな試合はやりたくない。お前のために、お前のキャリアのために、……そしてお前を守るためにな。
ミッキー　オレをあのおやじから守るって？　ＯＫ、わかったよ……。

（ミッキー退場。アンジーとショーティ、登場。）

ショーティ　どうしたんだい、ミッキーは？　転げるように出て行ったけど、俺たちも見えてなかったんじゃないか。
シャドー　ミッキーがどういうやつか知ってるじゃないか。コートをこっちへ、アンジー。座ってくれ。何か飲むかい？　コーヒー、紅茶？
アンジー　コーヒーをいただくわ。
ショーティ　いや、俺はいいよ。
シャドー　むしろ楽な試合だったか？
ショーティ　それはみんなが思ってるだけだ。だがジョーンズを捉えるのは簡単じゃない。最初の数ラウンド、やつは得意の「接近戦《インファイト》」で攻めてきた、有名なあの右で俺をしとめたかったのさ。やつのパンチは実際とても強力だ、だから最初の数ラウンドでやつのパンチを押さえ込まなきゃならなかった。最初の五ラウンドは素晴らしいファイトだった。

シャドー　ああ、でもその後は……。なんでもありだった、ちがうか？

ショーティ　あー、それはジョーンズのせいさ！　やつのパンチに俺がちっとも熱くならないのがわかると、やつは戦法を変えてきた。二、三発パンチを打つと、クリンチをかけてくるんだ。一瞬、俺はうろたえた、だって、やつの宣言通り「一発でしとめる試合《ワン・パンチング・ファイト》」なら、のらりくらりの小狡《こずる》い手は使わないものだろ。それが逃げ回るかしがみつくかで……思うにやつは急に怖じ気づいたのさ。

シャドー　その挙げ句が、味気のない試合に、ブーイングする客、そしてヒステリーを起こしたマスコミか。

ショーティ　でもみんな俺に何を期待してるんだ？　対戦相手の喉を掻き切ればいいのか？　俺は残虐非道の人殺しじゃない、ただのボクサーなんだよ。

シャドー　いいや、お前はただのボクサーなんかじゃない、ボクサーそのもの、チャンプなんだ。よく言ってるだろう、試合はボクサーが客と愛を交わす夢のひと時なんだって……。セックスなんだよ。

アンジー　ねえ、シャドー、私たち、別の話で来たのよ……。

シャドー　わかってる、わかってるよ、アンジー……。（ショーティに）客が高い金を払っているのは、お前にエレクトさせてもらうため、あえぎ声を上げさせてもらうためだ。ところで、そんな客が目にしたのは何だ？　野郎二人がかわいらしく殴り合いをして、まるで愛撫しあうみたいに、汗に濡れた二つの身体が絡みあい汗にすべるざまだ……。だがそんなものに客はなんの興味もない、お前の精神状態なんてどうでもいいようにな。客はほかのやつらが乳繰り合うのを見るために大枚払ってるわけじゃないんだ。客が求めているのは自分と愛し合ってくれることだ。感じたいのは自分なんだ。じゃあ、客をイカせるのは何だ、えっ？　客をイカせるのは何だ？

ショーティ　ああ、そうだよ。KOだ、KOだよ、シャドー！　だけど、もう終りだ、もう誰もKOしない、もう誰もイカせない。もしお前が俺にどうあってもボクシングを続けて欲しいと思うなら続けるさ……。でも、試合は全部、長いだけのうんざりするものになる。じらせにじらせたセックスの果てに、にがにがしい思いのまま放置されて、ついには客も嫌気をさす、俺にもボクシングにも、そうボクシングそのものが客は嫌いになる。ボクシングの死を望むような田舎者なんてもう必要とされなくなる、そうしたら俺は自分のためにやれる。俺はボクシングを殺してやる、シャドー。

アンジー　その前に自分自身を殺さなければね。あの第10ラウンドは何なの、まさか死のうとしたわけじゃないわよね？

シャドー　ちがう、ちがう。たんに味気のない試合にちょっと刺激を加えてやろうと思っただけだ。そうだろ、ショーティ、彩りを添えるためだったんだろ？　お前はチャンプか、そうじゃないのか、どうだ？　だったらどうして優しい妹に自殺するのは不可能だって言わないんだ……？　きみに説明しておかなけりゃならない、アンジー、俺はきみの兄さんに俺が知っているたくさんのことを教えてやった。とりわけ人は自分で自分を殺したりは決してしないってこと、人は死ぬ、それだけだ。つまり……俺が言いたいのは自殺も死によって俺たちに課せられた一つの選択にすぎないということだ。それに契約はこうした偶発性も想定済みだ。
アンジー　何の契約？
シャドー　おい、じゃあ、ショーティ、かわいい妹には本当に何も話してないのか？　マネージャーとボクサーの間には契約があるものだ。
アンジー　そうそれよ、私たちその契約を解除しに来たのよ。
シャドー　まったくお前は妹に何もかも隠しているんだな。この契約は解除不能なんだ。
アンジー　どんな契約だって解除できるものよ。
シャドー　そう、そうだな。だがそういうのじゃないんだ。
アンジー　じゃあ何なの、その契約って。
シャドー　とてもいい契約だ、素晴らしい契約だよ。（退場）
アンジー　どういう話なの、これは、解除できない契約って？
ショーティ　……

（シャドーが契約書を持って戻ってきてアンジーに渡す。アンジーはそれを黙って読む。）

アンジー　これがあなたの言う契約なの？（ショーティ、うなづく）でもこんな紙切れ、まったくなんの価値もないじゃない、契約した場所も日付もなし、サインすらないわ。

シャドー　あるさ、下に、左だ。
アンジー　何も見えないわ。シミがあるだけ、このシミ……（怖れおののく）
シャドー　ああ、そうだ……血のシミだ。
アンジー　プティ・ジャズ！　ああ、神様！　……。私、八百長試合のシナリオがあったんだと思ってた……。（突然、素晴らしい考えが頭をよぎったかのように）でも、もう年をとったわ、プティ・ジャズは！　……。（ふたりとも黙っている）ううん、そういうことを言いたいんじゃないの……私が言いたいのは……たとえ三十歳だってボクサーとしてはもう年だってこと。だから私が言いたかったのは……、プティ・ジャズにはもう危険なんじゃないかってことなの……そうよ、はっきり言ってボクサーとしては年寄りだわ！
シャドー　本当にそう思うか？　誰よりもあいつをよく知っているきみが、本当にそう確信しているのか？　……コーヒー、冷めてしまったな。
アンジー　あなたは誰？
シャドー　俺の名前はバスター・マッコーリー。カンザスのトプカで生まれた。父親は樵だったがブルースを歌ってた……
アンジー　（ヒステリーが頂点に達して）あなたは何者よ、シャドー？
シャドー　俺は悪魔だと答えてやりたいのは山々だが……しかし悪魔なんていないことは誰でも知ってる。
アンジー　どうして彼なの？　どうしてプティ・ジャズなのよ？
シャドー　こいつが俺を選んだんだ。こいつが俺を呼んだ、だから俺は来た。多くの魂が助けを呼ぶが、ほんとうに強く助けを求めているやつらだけが……。ブフッ、このコーヒー、冷めてやがる……。そう、じつに多くの人間が助けてくれと叫ぶが、本当に強く助けを求めるやつの声だけが聞き届けられる。ショーティはとても強く求めていた。

アンジー　でも今はもう求めてないわ。

シャドー　何を思ってる、アンジー？　俺は契約が定める自分の果たすべきことを果たした、つまり駆け出しのボクサーだったショーティを今のような一流のチャンピオンにすることだ。その見返りは、こいつがコミュニティのためにボクシングをすることだ、コミュニティの誇りの源になる、コミュニティの夢を再建する、もう一度立ち上げる、コミュニティにすべては可能だと言ってやる……。これ以上素晴らしい代償が考えられるかい？　俺はこいつにタイトルを与えただけじゃない、それ以上に、こいつの拳に意味を与えた、つまりこいつの人生に……

ショーティ　だがシャドー、俺がコミュニティに身も心も捧げて、もう何年にもなる！　このことに関しては誰も何も俺を責めたりできるもんか。でも、そう……今はもううんざりなんだ、それだけさ。

シャドー　契約、契約あるのみ。

アンジー　でも、どうして彼なの？　どんな代償を払ってもいいからあの地位を手に入れたいと思っているボクサーはたくさんいるじゃない。どうしてプティ・ジャズなの？

シャドー　きみがこいつをプティ・ジャズと呼ぶのと同じ理由さ。巧い身のかわし方、ジャブのやり方、パンチ、フック、アッパーカットの鍛え方、ロープからの逃げ方、反対にロープのうまい使い方をボクサーに教えることはできる。あいつに全部教えられる。だが誰も気品や優雅さを、詩を紡ぐようなステップを、きみにプティ・シャズと呼ばせるあの何かを、誰も教えられない。ショーティは奇跡《マジック》なんだ。ボクシングの全歴史の中で、ボクシングが気高い芸術だってことを俺たちに思い出させてくれることができたのは、ショーティを除けば、レイ・シュガー・ロビンソン〔ウォルター級、ミドル級世界チャンピオン〕、モハメッド・アリ、そしてレイ・シュガー・レナード〔ウォルター級、スーパーミドル級世界チャンピオン〕のような何人かのボクサーだけだ。彼らのようにショーティは、夢を復興し、俺たちの本当の居場所を、世界の長男としての地位を俺たちに取り戻すために頭を上げることを運命づけられている男なんだ。なぜなら俺たちはたしかにこの世界に先に誕生した長男なんだから……

ショーティ　ほらきた！　また始まった！

シャドー　これこそ世代を継いで俺たちのチャンピオンたちがリングの上で語り続けてきた物語だ。いつか世界の長男としての地位を俺たちが取り戻す日まで、この一連の物語は完成されないってことを何者も忘れないためにだ。どの世代にもチャンピオンはいた、ショーティは俺たちの世代のチャンピオンだ。こいつが投げ出すのを助けるわけにはいかない。つながっている鎖の中で、俺たちの世代ができそこないの輪であってはならないんだ……

ショーティ　ほらほら！　また妄想が暴走し始めた……

シャドー　お前は俺たちの記憶の見張り役なんだ。

アンジー　たぶんあなたは正しいんだわ、シャドー、でもプティ・ジャズの最近のボクシングはコミュニティを損なうものだとは考えないの？

シャドー　逆さ。ショーティがやっつけで試合をすればするほど客は増えてるってことをきみはどう説明する？　客はもうショーティが勝つのを観に来てるんじゃない、負けるのを観に来てるんだ。なぜなら、心の底じゃやつらはひざまづく俺たちしか想像できないからさ。誰もがみな、自分の孫にいつかこう話せる日が来ることを待ち望んでいる、「わしはそこにいたんだ、やつらのショーティが……」そう、やつらのショーティってね！　もちろんみんなこいつに憧れる……。だが、白人たちには結局ショーティは黒人のチャンピオンでしかない。だからみんないつかこう言えたらと思っているんだ。「わしはそこにいたんだよ、やつらのショーティが初めてひざをついて負けた時にな」とね。

ショーティ　言うだけ無駄だよ、シャドー、言っただろ、もう一度言う、俺はもうボクシングはしない。心が拒絶することを身体はできない。

シャドー　契約、契約あるのみだ。心が拒絶しても身体はやるさ。お前はボクシングをやる、お前が考えているよりもずっと、ずっと長くお前はボクシングをやる、そしてお前のリングでの寿命はやつらの常識に対する挑戦だ。お前はやつらを鼻で笑ってやるんだ。そしてある日誰かがやって来て、お前を打ち負かしバトンを手にする、その時、俺たちはお前を自由にしてやる……。

アンジー　俺たち？

シャドー　そう、俺は仲介者にすぎない……、俺自身、契約を結んでいるんだ。でもそれはまた別の話だ。いつか誰かがやって来てお前を打ち負かす。その日になれば、お前が俺のためよりも税務署のためにボクシングをしてきたってことがわかるだろう。だがそれでも税務署は、お前がかわいい嫁さんをもらって、白人の住む郊外に家を、白人だけがうまく使いこなせる、清潔で静かな、あのポツンと立ってる一軒家を買うだけの十分な金をお前に残してくれているだろう、何年か前、まさにお前が血の契約を交わして失った無名の人間に戻るっていう寸法だ。なあ、俺だってその気になれば人間らしいまねができるんだ、そうさ、金、白人たちの住む郊外の家、そのパーティールームでお前は時に芝居をやって、そしてかわいい妻とガキたち……。これ以上望みようのない素晴らしい名もなき者の生活だ！　静かで清潔な、白人たちの郊外にある、墓石のようにつるつるで木目《きめ》の滑らかな生活だ。

ショーティ　あきらめるんだな、シャドー、俺はもうリングには絶対にあがらない……

シャドー　「絶対」なんて言うもんじゃない。

ショーティ　行こう、アンジー。

シャドー　いずれわかる、じきにお前はまたボクシングをやるさ（アンジーにコートをかけてやって）ところで、アンジー、念のために言うが、この契約のことはあまり話すなよ。誰もきみの言うことなんて信じないだろうから、言えば施設に直行するはめになりかねない……。世間がどういうものか知っているだろう！　ああ、そうだ、もう一つ……。芝居はそのままやるんだな？

ショーティ　芝居はこのこととはまったく関係ない。芝居は変更なしだ。

シャドー　ＯＫ、少なくともこの点ではみなの意見が一致した。それで十分だ。じゃあ、劇場で。

（ショーティとアンジー退場、暗転。）

５　陰謀

（上演中、前に稽古をしていたのと同じ場面。アンジーは鎖につながれ、同じ黒人霊歌を歌う。）

ショーティ　（暗闇の中から）恋しい男はきみの足下にいるよ。そのおそろしい囚われの身からきみを救いにきたのだ。

アンジー　（ひざまづいて）ええ、ええ、ひざまづき聖人様たちにお願いします！　階段の下、敷居の下を見て、地獄の釜が煮えたぎっている！　魔王がぎいぎいとおそろしい音をたて大音響でやってくる！

ショーティ　（やはり暗闇の中から）グレートヒェン！　グレートヒェン！

アンジー　愛しいあの人の声だわ！

（アンジーの鎖が落ちる。客席から客がぷっと吹き出すのが聞こえる。）

アンジー　あの人はどこ？　私を呼ぶ声が聞こえたわ。私は自由よ！　誰も私を止められない。あの人の首に飛びつきたい、その胸に抱かれたい！　グレートヒェンって呼んだわ！戸口のところにいたんだわ。

（あざけるような笑い声がよりはっきりと聞こえる。）

アンジー　地獄の阿鼻叫喚の中でも、悪魔のようなすさまじい嘲笑の中でも、あの人のとても甘くて愛しい声は聞き分けられる。

ショーティ　（リングに上がり，アンジーのもとへ行き）俺だ！

（あざけるような笑い声がいっそう熱を帯びて次第に強くなり、やがて俳優の声をかき消すほどになる。）

アンジー　あなたなのね！　ああ、もう一度言って。（激しくショーティを抱きしめる）あの人よ、あの人だわ！　つらい苦しみはみんなどこへ行ったの？　牢獄にいるおそろしさは？あの鎖は？（二人は抱き合う）あなたなのね！……。

（二人は抱き合う。突然、アンジーは声を上げて泣き始め舞台から出ていく。それを合図に笑いがすべてを覆い尽くす。ショーティは客席に飛んで入り、一人の客に飛びかかる。ケッチェルである。二人は殴り合い、そして引き離される。ショーティは袖に消え、一方ケッチェルは仲間を従えて舞台に上がる。）

ケッチェル　（一味の仲間をしたがえ、カメラのフラッシュを浴びながら）出てこい、ショーティ、金玉ついてんだろ。テメーのケツにケリを入れてやる……

ショーティ　（突進していくが、すぐに芝居の仲間たちにとめられて）放せ！　放せよ、脳味噌の足りないそいつのケツをみんなの前でひんむいてやる！

ケッチェル　ほら、もっとこっちへ来いよ、踊り子チャン！　お前が本当のチャンプなら、もっと近くに来いよ。オレが怖くて帰りたいってか。もう逃げられないぞ、オレは試合がしたいんだ！

（シャドーが突然、姿を見せる、まだ舞台衣装のままである。彼が客席に向かって進んで行くと、その後ろに紗幕が降りてきて、相変わらず罵り合い、殴り合いまでしているショーティやケッチェルたちとシャドーを分ける。客からはショーティたちの姿がシルエットでしか見えず、声は聞こえない。）

シャドー　ご来場のみなさま、このような事態となり芝居が続けられなくなりまして大変申し訳ございません。一同にかわりまして、こころからお詫び申し上げます。どなた様も今晩ただいまより窓口にて払い戻しをさせていただきます……。お手間をとらせお帰りに時間がかかりますこと、あらかじめお詫び申し上げます……

（シャドーの口上はまだ続いているが、その声はもう聞こえてこない。かわって今度はショーティとケッチェルの声が聞こえてくる。）

ショーティの影　ごちゃごちゃごたく並べるしか能はないのか。ピーチクパーチク喋りっぱなしだぜ！　お前を打ちのめしてやる、いまここでみんなの前で、この拳でな。タダで試合がおがめるぞ。今夜お前がしでかした悪事のためにお前のケツをひんむいてやる。いや、もっといいものをくれてやる、お前がさんざんやりたがってた試合だ、そのためにお前が周りの人間を苦しめてきた試合だ……。

（いま耳にした言葉にシャドーの動きが突然とまり、石のように固まる。シャドーが振り向くと同時に紗幕が上がっていく。）

ショーティ　……お前を叩き潰してやる、ケッチェル、二度とボクシングをやろうなんて気にならないようにしてやる。

ケッチェル　（仰天し、一瞬の間ののち）言ったな、ショーティ！　みんなが証人だ！　本当にその試合、やる気なんだな？

ショーティ　お前を叩き潰してやる！

ケッチェル　（口の端に笑みを浮かべ、シャドーに近づいて）やったぞ、オレの勝ちだ。（それだけ言うと、仲間を引き連れて退場する）

シャドー　幕を降ろせ！（ショーティに）完全にいかれたか？　ケッチェルに踊らされやがって、

やつはただ自分のポケットを一杯にしたくて、お前がこの試合を受け入れざるを得ないようにしているんだぞ。やつの思うつぼだってことがわからないのか！

ショーティ　ほっといてくれ、シャドー！　自分の仕事をやってろよ！

シャドー　まさにこれがそうさ、俺の仕事は……お前のことだろ。わざわざ苦労してあんなやつに一財産築かせてやろうとするなんて、それじゃあまるで、ムチのうなる音も傷口にたかるハエのぶんぶんいう音も過去の歴史の一コマに過ぎないって、綿畑の不平不満の嘆きの歌もお前の記憶から消えちまったって言っているみたいじゃないか……。（裏方に）このけったクソ悪い幕をさっさと降ろせ！……それじゃあまるで……

ショーティ　俺のことはほっといてくれと言ってるだろう！

シャドー　だがケッチェルはお前の友だちだ……、そしてそのお友だちはきっと後押しが欲しいのさ……。だが俺たちは慈善事業をやってるわけじゃない。だからこの試合はやらないぞ……

ショーティ　どんな権利があって、何をやって何をやらないかの判断をお前がするんだ。俺たちの間で、それはもう終わりだって言ったはずだ。

シャドー　俺たちは長年連れ添った仲じゃなくて、契約で結ばれてることをお前は忘れている。（契約書をトロフィーのように振りかざす）ここに契約書がある、俺たちの間に終わりなどあり得ないってことを、俺の承認なしにはどんな試合も行われないってことを、これが証明してくれる……。契約書は正式なものだ、見てくれ！（シャドーはそれを舞台袖にいる人間に見せようとするが、ネガスが割って入る）

ネガス　シャドー！　落ち着け！

（静寂。シャドーは悪夢から醒めたように、次第に状況を理解する。）

シャドー　帰るぞ、ミッキー！（ショーティに）だがこれだけは覚えておけよ、俺の目の黒いうちは、この試合はないってな。

ショーティ　お前が死のうが生きようが、この試合はやる。俺の人脈、なかでもこれっていう人脈と資金力、名前、すべてにモノを言わせてな。必要ならタダでもやる、なんなら試合丸ごと俺持ちでもいい、それでもやる、わかったか？　どんな手を使っても、この試合はやってみせる！

シャドー　物事の神秘はお前が想像する以上にさらなる闇に包まれているんだ、ショーティ。お前の言うすべてなんて、お前を俺に結びつけている契約《パクト》の力に比べたら取るに足らない。お前はまだ何もわかっちゃいない、何もだ。すぐに、本当にすぐに、いやというほどわかるだろう、あの神秘のうちにすべてがどうおさまっているのかがな。

（シャドー退場、ミッキーがあとに続く。）

ネガス　幕を降ろせ。（暗転）

6　課議

ショーティのジム。そこかしこでボクサーたちが練習をしている。リングロープ、サンドバッグ、シャドー・ボクシング……。ショーティはミッキーとトレーニングをしている。アンジーが隅で二人を見ている。外出着を着たムッシュー・ジャンが入ってくる。ショーティとアンジーがすぐに出迎えに行き、彼を隅へと連れて来る。

ショーティ　それで？

ムッシュー・ジャン　うーん……、厳しいですね、プティ。

ショーティ　どんなふうに？

ムッシュー・ジャン　わかりませんが、ブロックがかかっているみたいで……、みんな、怖がっているんです。

ショーティ　でも、アルヴァロには会ったんだろ……、ダフは……、ディクソンは……？（名前を挙げるたび、ムッシュー・ジャンは頷いてこたえる）

アンジー　チャックは？　チャックには会いました？　チャーリー・チャックは？

ムッシュー・ジャン　全部です！　全員に会いました。

ショーティ　それで？

ムッシュー・ジャン　うーん……、誰もこの試合にビタ一文出したがらない。

アンジー　そうなの、銀行からも同じことを言われたわ。
ショーティ　俺が半分持つってことは言ったんですか？
ムッシュー・ジャン　誰もこの試合と関わりを持ちたくないんです。シャドーがやらないんなら、そりゃあうまくいかないって、みんな言うんです。
アンジー　銀行はこう言ってるの、この試合は終わってるヤツの試合だって……、つまりケッチェルはもう終わってる、この二年、ボクシングをしていないじゃないかって言うわけ。ケッチェルにはもう「白人の希望の星」という看板はないってことなの。あの人たちにとってケッチェルは負け犬なのよ。
ムッシュー・ジャン　本当のところは、皆が怖気づいているってことですよ、プティ。チャーリー・チャックは私に言いました、「この試合にオレは感じない、要はさ、オレはこの話に巻き込まれるのはごめんだ」とね。わかりますか？　チャーリーでさえ、なんでも取って食おうと身がまえているあのハゲタカでさえノーだと言うんです。思うに誰かが影でこの国のプロモーター全員をビビらせようと頑張っているにちがいありません。
ショーティ　（ほとんどひとり言のように）ああ……でも、それにしたって。あいつにそんなに力があるなんて思ってもみなかった……
ムッシュー・ジャン　すべてブロックされているんです、プティ。この試合はお流れにするしかありません。
ショーティ　（激昂して）この試合はやると言ったんだ！

（ショーティの声がとても大きかったので、ほかのボクサーたちが注目する。）

アンジー　ねえ、順を追って考えてみたらどう？　だって、この試合、ケッチェルたちにずいぶん利益をもたらすはずよ。なのにどうしてあの人たち、あなたを助けて試合をやろうとしないの？　何より彼じゃない、そこらじゅうひっかき回してこの試合をやろうとしたのは！

ミッキー　アンジーの言うとおりだ。いずれにしても、もしケッチェルがこの試合をやりたいのなら、やつが金を出すさ。ショーティはタイトルホルダーじゃないか。やりたがっているのはむこう……、だったらやつが金を出すだろ。どこに問題があるのかオレにはマジわからないよ。

ショーティ　問題は、試合をやりたがっているのが今やこの俺だってことだ。それはそうと、トッドとマッケンジーにはもう会った。マッケンジーはテレビがつくのを条件に試合の費用の一部を持つことを承諾した。だが、テレビ局はあれこれ言ってなかなか首をたてに振らないんだ……、つまり言い分はみんな同じってことだ。

アンジー　お流れにしたらいいわ、この試合、プティ・ジャズ。

ショーティ　ムッシュー・ジャン、みんなに俺を一人にするように言ってくれませんか。（ほかのボクサーたち退場）アンジー、ひとりにして欲しいんだ。

アンジー　今晩、お店に来るわよね？

ショーティ　もちろんさ。

（アンジー退場。一人残ったショーティがリングに戻る。照明がリングの上に絞り込まれる。冒頭シーンが繰り返される。冒頭と同じジャズの旋律に乗せてシャドー・ボクシング。息があがり、コーナーの椅子に倒れ込むと、ショーティは極めて丁寧に左手のバンデージを解き始める。照明がそのバンデージの動きに呼応して少しずつ大きくなっていくと、リング下、片方のコーナーにいるシャドーとネガス、その反対側にいるムッシュー・ジャンの姿が見えてくる。ゆっくりとシャドーがリングに上がり、そして合図を送ると音楽が止む。）

ショーティ　ああ、よく考えてみた。思うに……

シャドー　これからは、考えるのは俺の仕事だ。よく見ろ、お前が今どんなどん詰まりにいるのか、それがお前に考えようなんて気を起こさせてるんだ！　……。ネガスがお前に話したいそうだ。……。これからする話は、白人には聞かせられない。

ショーティ　ムッシュー・ジャンはユダヤ人だ。

シャドー　ムッシュー・ジャンは白人だ。

（間。ムッシュー・ジャン、退場。）

ネガス　よく聞け、ショーティ。いつかお前がつばを吐きかけられ袋だたきにされる日が来たら、自分は一人の黒人にすぎないんだと思い知らされる日が来たら……その時は、カトリックもプロテスタントも、モルモン教徒もユダヤ教徒も、なんであれ、そんなものはみんななんの意味ももたなくなる。ただホワイトがいるだけさ。あいつらの心の中で眠っていた憎しみと軽蔑のマグマが目を醒《さま》したら、一番の友だちでさえ――それは自分でもどうしようもなく――その時がくればお前の顔につばを吐きかけるだろう。なぜだかわかるか、ショーティ？　黒んぼは白い肌の人間にとって今なお残された最後で最大の迷信だからだ。おまえとムッシュー・ジャンがどんな愛情で結びついていても、忘れるんじゃない、よそ者は汗は拭いてくれても、血は拭ってはくれない。わかってるのか、ショーティ？

ショーティ　わかってるよ……。

ネガス　ケッチェルとの試合は三ヶ月後だ。

ショーティ　三ヶ月、先だな！

シャドー　やるのかやらないのか。

ネガス　落ちつけよ！　試合は三ヶ月後に行われる、その三ヶ月の間にケッチェルを挑戦者たらしめなきゃならない。ＴＶや客がついてくるように、やつにもう一度「白人の希望の星」に戻ってもらわなくちゃ困るんだ。それでやつにビル・ランダルとジム・スケリーとのタイトルマッチ前哨戦二試合を用意した……

ショーティ　ランダルとスケリーか。でも、ヒットマンじゃないか、ふたりとも！

シャドー　その通り。「白人の希望の星」に戻るには、ランダルやスケリーのような若いのとやらなきゃダメなんだ。

ショーティ　それでやつが殺られたら？

シャドー　ぬかりはない。トッド・ケッチェルはこの二つの試合で勝者になる。ランダルとスケリーにはやられてくれと頼んである。ランダルは第5ラウンドに、スケリーは第3ラウンドでおねんねする。二人ともすでに金の一部を受け取っている。

ショーティ　その見返りは？

シャドー　何も、まったく何もなし。

ネガス　ただ、その晩、リングはトッド・ケッチェルにとって、ひよこが入ってるタカの獲物袋じゃなきゃ困るんだ。

ショーティ　意味がわからない。

シャドー　わかるだろ、ショーティ、お前はすっかりわかってるはずだ。ひよこ以外、誰も獲物袋の中がどうなっているのかはわからない。気の毒だが入ったが最後、もう出ては来れない。

ショーティ　だからって俺にどうしろって言わないだろ……

ネガス　言うさ、ショーティ、トッド・ケッチェルを殺ってくれなきゃ困る。

シャドー　お前はトッド・ケッチェルを殺らなきゃならない！　ことは第3ラウンドに起こる。最初の二ラウンドはやつに好きなようにボクシングをやらせておけ、自分がアクティブだってことは見せないでおくんだ……

ショーティ　でも、そこでおれに何をしろっていうんだ？

シャドー　……最初の二ラウンドは積極的に行くな、やつの警戒心を鈍らせるっていうわけだ。

第3ラウンド開始のゴングが鳴ると同時に、お前はやつに向かって進んでいく、それまでのラウンドと同じように静かにな、そしてアッパーカットをお見舞いして、やつの息の根を止める。

ショーティ　だがそれじゃあ殺人だ。

シャドー　なあ、ショーティ。この試合……、お前はやりたいのか、やりたくないのか？　俺はずっと拒否してきた。それがいまじゃお前が舞台に上がるのを渋ってる、俺は承知したっていうのに！　なぜって、お前の精神状態に俺はもうたえられなくなってきたからだ。リングの上に殺人なんてない、あるのはドラマティックなアクシデントだけだ。

ショーティ　でも……どうしてやつを殺るんだ？

シャドー　どうしてって、シャドーはトッド・ケッチェルが嫌いだからさ！　それでいいか？

ショーティ　ネガス！

ネガス　悪いな、ショーティ。トッド・ケッチェルは殺らなきゃならない、希望が潰《ツィ》えるようにな。おまえが殺るのはやつじゃない、いつの日かお前がいるその場所に自分たちの誰かが立つ姿を見たいというこの国の白人たちの並外れた希望を抹殺するんだ。やつらの目にボクシングがもう一度名誉あるものとして映る日は、チャンピオンが全員白人になるその日まで来ないんだ。

シャドー　ネガスは今回の反ボクシングキャンペーンがひどくつらいんだ。ケッチェルを通して、お前にやつらを懲らしめて欲しいのさ。

ショーティ　もう何もわからなくなってきた。「白人の希望の星」が常に必要だ、なぜなら客の大半は白人だから、お前はそう言ってきたんじゃないのか？

シャドー　白人の希望の星ならいつだって見つかる……丸ごとそっくり作ったっていい。当面問題なのはボクシングにつばを吐きかけるのをやめないやつらと決着をつけるってことさ。やつらに少なくともボクシングが危険だという理由を与えてやろう。いずれにしても、ケッチェルの大口はいつか誰かが閉じなきゃならない。やつにはずいぶんな目にあわされた！

ショーティ　でも、どうして俺なんだ？　どうしてランダルじゃなく……、スケリーだって……、だってあいつらは俺より前にあいつと対戦するんだろう？

ネガス　取るに足らない試合だからだ、それじゃあメディアは充分に乗ってこない。かたやショーティとトッド・ケッチェルの試合はどうだ、しかもケッチェルはランダルとスケリーを倒したばかり、ずっとたくさんの客の注目を集める。つまり、アメリカ中を証人にして、お前はこの罰なき罪を成し遂げるんだ。

シャドー　何にせよ、アメリカが罰なき罪を犯したのは一度じゃない。この国はインディアンの墓の上に立っているんじゃないのか？

ショーティ　勘弁してくれよ、どうしてトッドがみんなのために消えなきゃならないんだ？

ネガス　なぜなら犠牲に捧げられるものはみな罪なきものが決まりだからさ。

シャドー　それにケッチェルはそれほど無垢じゃない。そうあろうとしたがね。

ショーティ　ダメだ、ダメだ、ダメだ！　お願いだから、そんなことは……。トッドと俺はそんなことのために何をしなくちゃならないって言うんだ！　俺はただのボクサーでしかない、それ以上じゃないんだ！　それにそんなことは俺にはなんの関係もないじゃないか……

シャドー　泣き言を言うのはやめろ！　お前はただのボクサーなんかじゃない、お前はなり損ないの俳優さ。そしてトッド・ケッチェルもただのボクサーじゃあない。なんだと思う？　やつが欲しがっているもの、繰り返して言うが、それはお人好しの黒んぼのお前のふんどしでたんまり金を稼がせてもらうってことだ。なぜって、やつは知ってるからさ、たとえ第1ラウンド開始一秒でやられたって、ハリウッドの扉はやつに開くってことを、ホワイトハウスに迎えられるってことを、残りの人生で自分は何者かになれるってことをさ。あいつは成り上がりたいんだ、それがあいつの一番嫌いなところだ。ボクシングはボクシングだ、別の何かだなんて偉そうなことは言いやしない。ここじゃあ、ゆすり屋は金庫破りと、売人はたれ込み屋と、そしてジゴロはポン引きと紙一重だ。みんな本当のことだ。だがケッチェルのような成り上がり指向はこの社会じゃ見た事がない、そういうやつは足を踏み入れてもすぐに自分が道を間違えたことに気づくからだ。……俺はいつもあいつを心の底から軽蔑した。

ショーティ　お願いだ、この試合、やるよ、だが、ちがうやり方にしてくれ。俺たちはそんなことになんの関係もない……お願いだ……俺たちはただのスポーツ選手にすぎないんだ……。

ネガス　ずっと昔にボクシングはスポーツの枠からはみ出してしまったんだ、ショーティ。それ以来、ボクシングは黒人の神話の一部に、希望の神話になったんだ。

ショーティ　だったら、お前たちが俺にやってくれと言っていることの、どこに希望があるんだ？

ネガス　黒人のすべての涙、黒人の血のすべての滴りが、遅かれ早かれどんな形であれ、われわれの意識の表面にふたたび立ち現れてくるという希望だ。すべての罪が罰せられるという希望だ。

ショーティ　お願いだ、そんなことは……。あいつをやるのはいい、アメリカ中が見ている前でやつのケツの皮をひんむいてやるさ、ひざまづかせてもやる、全部やるよ……だがそれはダメだ！

シャドー　お前に頼んでいるのは、その「全部」だ。なあ、この試合、お前はやりたいのか、それともくそったれか？

ネガス　シャドー！　……。全部か、お前が言う全部ってなんだ、ショーティ？

ショーティ　何って……全部さ！　……。ぐずぐず言わずにボクシングを続けるし、ボクシングをやめるなんて話はもう論外だ。俺が引退するのにふさわしいとシャドーが決めるまで俺はボクシングを続ける。シャドーがやれということ全部、俺はやるよ。これからは俺のポケットマネーから一五％じゃなくて二〇％をコミュニティの慈善活動に寄付する。……全部やれる、だがそれはダメだ！（シャドーとネガスは目配せする。ショーティはあたかも自分自身に言っているかのようである）この試合はトッドと俺の問題だ、俺は一人でやりたいんだ。俺はたった一人でリングにあがりたい、一人でトッドに立ち向かいたい、なんの助けもいらない。一度、俺は自分が本当は何ができるのかを知りたい。

俺が頼んでいるのは、ただこの試合をやらせてくれってことだけだ。

シャドー　甘ちゃんだぜ、お前は！　それがお前の出す条件か。俺の理解が正しければ、お前は仲良しのお友だちとお行儀のいいかわいらしい試合を仕切って欲しいってことだ。俺の助けなしにお前がやるっていう試合、そうすれば、お前は自分の真価がわかるっていうわけだ。そしてその後は、これも俺の理解が正しければ、お前は四の五の言わずにボクシングを続けるって言うんだな、俺の望む通りに？　こういうことか？

ショーティ　ああ、その通りだ。

シャドー　二〇％なんて必要ない。俺がその話に乗るとしよう、だがその場合、どうやって俺にお前の言うことを信用させてくれるんだ？　俺たちを結びつけているものは血と言葉の約束だ。お前は血の約束はした、だが言葉はなかった。そうでなければ、俺たちは今日こんなことになっていなかっただろう。それでお前は俺をどうやって信じさせてくれるんだ？

ショーティ　二度と波風を立てるようなことはしないと保証するよ。

（シャドーはショーティを探るようにじっと見つめ、そしてネガスのほうに向き直る。）

ネガス　お前はお前の試合をやればいい、ショーティ。

シャドー　わかってるだろうが、俺たちはモンスターじゃないんだ。お前の条件はすべて飲むよ。お前はトッド・ケッチェルとボクシングをする、お前の望む形で、俺の助けなしに、たった一人、いっぱしの男として。その後、お前はニューメキシコのジミー・フォーレイと対戦する、契約はもう済んでいる。開催地はサンタフェだ。お前はいつも以上の金を受け取ることになる。テレビ局もサインした、すべて準備済みだ。これが契約書だ。（ネガス、退場。シャドーが後を追う。離れたところから）ケッチェルとの試合では俺は客席にいるよ。なあ、俺はお前がケッチェルのあごにあの名高いアッパーカットをお見舞いしてやつの息の根を止める第3ラウンドを何度も夢見た。ケッチェルの動かなくなった身体を前に、石みたいに固まったあの白人どもの面《ツラ》を何度も夢見た。そう、そんな第3ラウンド！　それはこの神話の文句なしのすばらしい瞬間のひとつとなるはずだった。だが、そうだな、……お前はちがうように決めたんだよな。残念だよ。事を計るは悪魔、事を成すは人！〔本来は「事を計るは人、事を成すは神」〕そうだろ、チャンプ？さあ、しっかりやれよ。

（シャドー、退場。暗転。）

7「白人の希望の星」

トッド・ケッチェルのジム。リングの上ではケッチェルがスパーリング・パートナーのサドラーとトレーニングをしている。リングの端でジョー・コールマンが指示を出している。

コールマン　ジャブ、ジャブだ、トッド！　ジャブでそのまま距離を保つんだ。そうだ、トッド、行け！　突っ込むんじゃない！　いいぞ、よし、いいぞ、そのまま。休むな、休まないで行くんだ！　そうだ、パン！　パン！　パン！　パン！　そこで戻る！（ゴングが鳴る。インターバル。リングに上がって）よかったぞ、お前たち。（サドラーに）サドラー、次はもう少しきつくしてみてくれ。やつを追いつめるんだ、わかるな。（ゴング）よし、おまえたち、再開だ。ディフェンスを固めろ、トッド。行け、サドラー、相手のガードを下げさせろ……。ダメだ、走るな、トッド、最後まで持たないぞ。ロープに寄るな、ロープはダメだ……。ロープにへばりついていたらショーティに殺されるぞ。よーし、そうだ、いいぞ、トッド。軸をずらせ、そうだ、いいぞ……。

（マッケンジーとチャーリー・チャックが登場。）

マッケンジー、チャック　やあ、コールマン。
コールマン　おう。
チャック　で、ミッキーはまだ来ていないのか？
コールマン　ミッキー？　いいや、まだ見てないが……。おい！　ロープはダメだって言っただろう、ロープはダメだ！　もっと柔軟に、トッド！　こんどは相手をロープに追いつめてみろ。下がるんじゃない、トッド、一歩たりとも引くんじゃない、よし。ブレイクま

でボディを攻め続けろ、トッド！　よし……。（ゴング）
マッケンジー、チャック　やあ、トッド。
ケッチェル　やあ。
マッケンジー、チャック　調子はどうだ、サドラー？
サドラー　いいよ。
マッケンジー　しかし、何やってんだ、ミッキーは？　ところで、トッド……、お前、女房と話したほうがいいんじゃないか。ショーティのジムで会ったってミッキーが言ってたぞ。考えてみろ、試合まであと何日かって時に、挑戦者の女房が対戦者と寝てるって思われたらどうなるか？　よくないよな、わかるだろ、ちっともよくない。だからなんとか言っとけよ、お前の女房にさ。よし、練習に戻ってくれ。
コールマン　さあ、再開するぞ、お前たち！
ミッキー　（入ってきて）やあ、みんな。
マッケンジー　ああ、やっと来たな、もう来ないかと思っていた。じゃあ、すぐにやっつけちまおう、このあとマスコミを呼んでいるんだ。さあ、話してくれ。
ミッキー　何が知りたい？
マッケンジー　全部だ。
ミッキー　つまり？
マッケンジー　全部さ！
コールマン　やつの練習はどうだ？

ミッキー　ハードだよ。
マッケンジー　すごく？
ミッキー　ものすごくね。オレがショーティを決して嫌いになれなかった理由の一つが、ビッグなチャンピオンになるには、才能があれば、つまりうまく攻撃をかわし、踊るように軽やかな動きで、ジャブやアッパーカット、フックを打てれば十分なんだって、行動で信じさせてくれることなんだ。彼はそれをいとも簡単にやってのけて、ボクシングがまるでゴルフかブリッジか何かみたいな、もっと言えばペテン師がちょちょいとやるみたいな印象を与えてくれるんだ。けど、この試合のために、彼はきつい練習をしてる。あんながむしゃらな練習は見たことがない……。
サドラー　でまかせだろ、そんなの全部！　やつがそんなに練習してるっていうなら、それはびびってるってことだ。
ミッキー　そうだ、彼はびびってる。それも初めてだよ。
コールマン　だが、いったいどうしてだ？　スピードが落ちてるのか？　パンチが弱くなってているとか？
ミッキー　いいや、スピード、フットワーク、コンビネーション、一瞬の判断力、パンチ、どれも十三年前からちっとも変わらない。
チャック　おい、ミッキー、でまかせを聞かされるためにお前に金を払ってるわけじゃないんだ。やつがずっと変わらず強いなんてあり得ない。リングに何年も上がってりゃ、ぼろぼろになるし年も取る。

ミッキー　ショーティはちがうんだ。彼は時間の流れの外にいるみたいなのさ。
サドラー　くずが！　オレたちの闘志をくじきに来ているこいつに金を払ってるとはね！
マッケンジー　落ち着け、サドラー！　……。ドーピングしてるのか？
ミッキー　いいや、オレの知るかぎり、それはないね。世界で一番しっかりチェックされてるボクサーだよ、そんなことをしたらわかる。
コールマン　やつはこの試合、どういう展開にするつもりだ？
ミッキー　ムッシュー・ジャンは、トッドは始めから、つまり自分のパンチに力があるうちに、ラッシュをかけてくると思ってる。試合が進めば進むほど、トッドはきつくなってくる。トッドに唯一チャンスがあるとすれば、第8ラウンドをこえない場合だ。そう、だから初っ端のヘビーブローは要注意だ。これがショーティが最初の数ラウンドいつもよりガードを固めてくるだろうっていう理由さ。時間稼ぎをし、クリンチでトッドのリズムをくずし、ロープに追い込んだらガードを打たせて疲れさせる。そしてトッドの周りを動き回り、自分を追わせ、さらにくたくたにさせるつもりだ。いわばショーティは試合を引き延ばせっていう指示をうけてるわけさ、そしてトッドの動きを観察しながら、トッドがイライラし始める時を今か今かと待ちかまえてるのさ……。
コールマン　もしトッドがいらつかなければ？
ミッキー　それも想定済みさ。第4ラウンドが終わってもトッドがイラついて来なければ、ショーティは第5ラウンドで相手が少し優勢になるように仕向ける。トッドに自分が主導権を握っていると信じ込ませるために、大して強くないパンチでダウンするかもしれない。つまり上機嫌にさせて、イラつくのと同じようにモノを見えなくさせようっていうわけだ。ショーティはそうやってトッドがへまをする瞬間を虎視眈々と待ちかまえている、そしてトッドをとらえたら二度と放さない。というわけさ。

コールマン　お前がトッドだったら、どうする、それが全部わかったうえで？

ミッキー　正直言ってわからない。だって、どうやったって、トッドはショーティを攻めに行かなきゃならないんだから。タイトルホルダーはショーティで、ゆえにトッドは攻めに行かなきゃならない。そしてそこには当然ショーティが待ちかまえているってわけだ。トッドにチャンスがあるとすれば、ショーティの動きに惑わされず、リングを切り刻むフットワークができるかどうかだとオレは思う。そう、リングを〝カットオフ〟して、ロープ際のショーティのディフェンスの甘さをつくんだ。ショーティはロープ際を抜ける時、ジャブを打ちながらガードを下げる傾向がある。これは若い頃からの悪い癖で、ムッシュー・ジャンが完全には直せなかった代物だ。トッドはこの瞬間を待ちかまえて、右をヒットさせるんだ。だが、これはむずかしいぞ……。よし、もう行かなきゃ。考えてもみろよ、もしマスコミがここにオレがいるのを見つけたら！

マッケンジー　サンキュー、ミッキー、率直な意見ありがとう。（札束を取り出して）なあ、ミッキー、……ショーティの女関係は……どうなんだ？

ミッキー　とにかく、ホモじゃないよ、あんたらの言いたいことがそういうことなら。だったらオレが知らないわけないさ、請け合うよ！

マッケンジー　もちろんだ。それでヤツの妹は？

ミッキー　アンジー？
マッケンジー　ああ。二人の間には何がある？
ミッキー　二人の間に何があったって知ったこっちゃないね、二人のことさ。いずれにしても、誰かがどうこう言うには大きすぎる問題だよ。裁きを下せるのは神様だけさ。
マッケンジー　そうだな、ミッキー。ほら。
チャック　（ミッキーに差し出された金をマッケンジーの手から取り）ミッキー、この金を三対一でトッドの勝利に賭けてくれと頼んだら、オマエ、乗るか？
ミッキー　なんとも言えないな。トッドは一度彼に勝っているわけだし……、とにかくそれはトッドだけなんだから……。そう、トッドに勝ち目がないわけじゃない、だがこれは認めなくちゃ、それがとてもきついってことはさ。何しろショーティは今、恐怖を感じているんだから……ショーティのようなタイプのボクサーが恐怖を感じる時はいっそう危険なんだ。わかってくれてるだろうけれど、本当にさ、オレはものすごくトッドに勝って欲しいんだよ！　でも誰にもわからないさ！　これはボクシングだ……ショーティ自身がよく言っているようにね。
チャック　（金を差し出して）ほら、よくやってくれた。
ミッキー　サンキュー。じゃあまた、みんな。
ケッチェル　（出て行こうとするミッキーを呼び止めて）ミッキー！　オマエ、どうしてこんなことやってるんだ？
ミッキー　どうしてって、これのため、金のためさ！　復讐とか仕返しとかって言ってもオレにはなんのことなんだかわからないし、そんなことのためにボクサーになったわけじゃない……これのためさ。オレはじきにボクシングをやめるつもりなんだ、トッド、ここにはオレの居場所はない。いずれにしても、オレの欲しいものが手に入るとすれば、それはここじゃないんだ。……。だから坊主を見るみたいにオレを見るのはやめてくれ。あんたはあんたの懐に入って来る金のために、この試合をやろうとあらゆる手を尽くしたんだろ！　オレはまだ若いんだ、指をくわえたまま一生を終わりたくない。このカネで、オレはヨーロッパに、パリに行って、そこでバカをやるんだ。……。ボクシングをやってると、しまいにはモノのわかった年寄りみたいになっちまう。オレはバカがやりたいんだ。じゃあな！（退場）

マッケンジー　ってことだ、みんな、勝負の行方はわからないな。

サドラー　ミッキーはオレたちにブラフをかけようとしているんだ。あいつが言ったことで唯一本当のことは、ショーティがちびるくらいびびってるってことだ。トッドがランダルとスケリーを打ち負かしてから、ショーティはびびってる。

マッケンジー　ストップだ、サドラー。誰もびびってないし、ミッキーは誰にブラフをかけようともしていない。ミッキーは自殺者の遺書みたいに単刀直入だった。この試合、リングの上では決してやつには勝てないんだとだんだん思えてきた、だったら試合の前にやつに勝たなくちゃならない。試合前にショーティを精神的にも感情的にも動揺させなけりゃならない、リングに上がる時すでにくたくたの状態にさせなくちゃならない。だからマスコミでのキャンペーンを続けよう。

ケッチェル　マッケンジー、それはもうやりたくない。今後マスコミとはボクシングのことだけを話して欲しいんだ。

マッケンジー　オレは今やってる反ショーティ・キャンペーンを強化すべきだと言っているんだぞ。やつをきれいさっぱり葬ってやるんだ。ちっ、うっとおしい野郎だぜ！　この試合、オマエは勝ちたいのか、それとも永遠に「白人の希望の星」のままでいたいのか？　そんなもんはうんざりだ。最初も今もオレたちはチャンピオンが欲しいんだ。約束してやる、この試合、オマエは勝つ。大方の予想を裏切ってランダルとスケリーに勝ったお前だ、これからお前はボクシングの歴史にこれまでにない最大級のセンセーションを起こすんだ。それにはだ、オレの、このオレの言う通りにしろ。じき記者たちが集まる、お前はショーティとあいつの妹との関係について強調するんだ……

ケッチェル　言っただろ、それはもうおしまいだって。

マッケンジー　なあ、トッド、ボクシングはおとぎ話以外の何物でもない、いつだっていい奴と悪い奴の話の繰り返しだ。ボクシングがどうして他でもないアメリカのスポーツなんだと思う？　白人がいい奴で黒人が悪者《わるもの》だからさ、もちろん。今回、ことはそう単純じゃない。ショーティーはほかの黒人ボクサーとはちがう。そう、ある時期、やつは人種問題について自分の立場を表明していた。だが、キャシアス・クレー〔モハメッド・アリ〕のように病的なほど行き過ぎることは決してなかった。あの好色漢ジャック・ジャクソンのように白人女と寝るなんてまねもしない。そう、ショーティは慎み深く、礼儀正しい、それでいてミステリアスな、黒人も白人もすべてのアメリカ人が尊敬するチャンピオンだ。それが危険なのさ！　やつは完璧なアメリカン・ヒーローだ。だからこそカードをシャッフルして、なんとしても別の陣営を、オマエの陣営をアメリカ白人社会に築いてやらなきゃならないんだ。そのためにオレたちはアメリカ人の意識の奥底に降りていかなくちゃならない、そこには最も病的な衝動、口にするのもおぞましい病弊が潜んでいる。その澱《おり》をかき混ぜ、この民族の歴史を肥沃にした底に沈んだその泥を浮かび上がらせなければならない。白人アメリカ社会を挑発し、その目を開かせ、完璧なアメリカン・ヒーローの後ろでせせら笑っている黒んぼがいるんだってことに気づかせなくちゃならない……

ケッチェル　自分が何を言っているのかわかっているのか？　オマエの周りを見ろよ、ここにいるのは白人だけじゃない！　サドラーを見ろ、チャーリーを見ろよ……

チャック　これはビジネスだ、トッド。

マッケンジー　ああそうだ、これはビジネスだ……。あいつらはオレがあいつらの立場でものを言っているんじゃないってことも、なんとしてもショーティが試合前に孤独を感じるようにしなくちゃならないってこともわかってる。だからオレは痛いところを叩かなきゃならないんだ。……。聞けよ、トッド、オレたちが騒ぐのをやめればマスコミはあっと言う間だ。オレはただこう言ってくれとオマエに頼んでるだけだ、「アメリカにタイトルを取り戻す」とね。

ケッチェル　あんたは本当にグロテスクだ。

マッケンジー　フロイド・パターソンがカシアス・クレー戦の前に宣言したことを知ってるか？

こいつに教えてやれ、チャック！

チャック　「オレはアメリカにタイトルを取り戻す」。

マッケンジー　そしてフロイド・パターソンは黒人だ。ただこの男は、オレが言ったように、ボクシングがいい奴と悪い奴の物語《はなし》だってことを、だったらいい奴でいるほうがいいってことを理解していた……。（記者たちが入ってくる）まかせたぞ、トッド。（記者たちに）私どものジムにようこそいらっしゃいました。時間がもったいないですから、写真撮影の間にトッドが質問にお答えするのがよろしいかと思っております。その方が写真もずっと表情豊かなものになるでしょうし、みなさんも助かるでしょう。よろしいですか？

記者たち　結構です。

マッケンジー　じゃあ、トッド、リングに上がって、始めよう。

男性記者　ショーティと彼の妹さんの関係についてあなたが表明されたことなんですが、もう少しわかるようにお話しいただけますか？

ケッチェル　ああ……。たしかに……たしかに曖昧な話だった……、でもそれはつまりボクシングとはなんの関係もないことなんだ。話しはした、たしかに……でも、それはただ市民としてで……ボクサーとしてじゃなく……。オレはショーティを知ってる、砂場で一緒に遊んで、一緒にボクシングを始めて……。ショーティとアンジーを傷つけたことを後悔してるのかもしれない。それに、二人は結局やりたいことをやっているわけだし。ただ、キリスト教徒としてそしてアメリカ人として、本当にこれはオレにとってショッキングなことだったし、この国の男も女もこれを知れば眉をひそめるにちがいないから、みんながアメリカン・ヒーローそのものだっていう人間が耽ってる……やってることが……アメリカの文明にとって危険なもので、オレたちキリスト教徒の感受性に吐き気を催させるようなことだって知れば。二人がしたことはアメリカにふさわしくない。……みんなもオレも本当のアメリカっていうものがどういうところに拠って立つものなのかわかってる。けど、ほかの人たちは、時にはアメリカとは遠く離れたところから、自分たちの希望のすべてをアメリカに託している人たちもいて、そういう人たちが全部、どうやって偽物と本物を選り分けられるんだ、どうやって理解できる、こういう人間たちはアメリカじゃないって、つまり本物じゃない、パイオニアの、労働者の、勇気に充ちた、デモクラシーの、自由の、そして愛というアメリカじゃないって、どうやったらわかるんだ？　ショーティはまちがいなく偉大なチャンピオンだ、でもアメリカのじゃないことははっきりしてる。あいつがやっていることで――嘘じゃないってことは神様だけがご存知のことだけど、二人に何か恨みがあって言ってるわけじゃないんだ――あいつがしていることは、オレたちを最低の野蛮状態に戻すもので、そこにはオレたちの祖国を貶めようっていう明らかな意志があるんだってオレにはわかる。あいつはみなさんを、オレたちみんなを、アメリカを傷つけてる。そしてオレがこれからやろうとしているやつとの対戦は、まずみんなの、次にアメリカの、そして神様のための試合なんだ。だから神様に祈ろう。神様がオレを助け、アメリカにタイトルを取り戻させてくれることを。アメリカに神のご加護がありますように。

8本

ショーティが一人、リングでシャドー・ボクシングをしている。ふいに、彼は動きを止める。足音を聞いたのである。

スージー　（薄暗がりの中で）こんにちは。

ショーティ　こんにちは。……上がってきていいですよ。

スージー　（リングに上がり）ありがとう。（初めて足を踏み入れた教会であるかのようにリングを見渡して）自分がここにいるなんて本当におかしな感じ。男の人のベッドに初めて入った時みたい。……。小さい時、両親のベッドに入った時みたい。父は私にひげをひっぱられるのが好きだったの……。どうしてこんなこと、あなたに話しているのかしら。二度、お訪ねしたんですよ、昨日と一昨日《おととい》。聞きました？

ショーティ　ええ、ええ、ミッキーから聞きました。

スージー　トッドのところでだって、私はぜったい上げてもらえなかった、トッドはいつもダメだって。それで信じるようになったの。小さい時、両親のベッドが自分のよりも心地いいと思い始めた時みたいに……。トッドが言っていたとおりね！　やっとここに上がれたけど、特別なことは何も起こらないわね、あなたがいて、私がいて、それから……。（スージーはリング・ロープを数える）本当に十二本なのね。「十二本のリング・ロープ」っていつも聞かされていたけど、そんなこと気にしたことはなかった、でも本当ね、ちゃんと十二本ある……。お邪魔ですか？

ショーティ　いいえ。

スージー　お邪魔だったら、そう言ってくださいね。

ショーティ　邪魔なんかじゃありません。

スージー　夢の中じゃ、あなたはいつも猛獣のように怒り狂っているのに……。昨日と一昨日、お目にかかれなかったって言いましたっけ？

ショーティ　ええ、でもかまいませんよ。

スージー　新聞であなたについて言われていること、許してもらおうと思ったんです。おわかりでしょうけれど、トッドはなんの関係もないの、あれはあの人たちの……

ショーティ　なんでもないですよ、それがボクシングです。

スージー　この試合を受けてくれたことにお礼も言いたかったんです。トッドがあのランダルやスケリーを倒してから、そしてこんどは本当にあなたとの試合が行われることがわかってから、よく眠れないんです。試合が近づけば近づくほど、試合の夢を見るんです。この一週間、いつも同じ夢なんです。あなたがリングに上がる、するとあなたの前にいるのは私なんです。私はあなたに一発お見舞いする、あなたは一気に倒れ込む。レフリーがカウントを取る、でもあなたはすぐに立ち上がって私に襲いかかる。あなたは拳《こぶし》で私の全身いたるところを突いてくる、まるで狂ったみたいに。あなたの拳が、私の顎、脇腹、胸、いたるところを激しく突いてくる。私は崩れ落ちる、レフリーがカウントを取る。私は立ち上がる、するとあなたはふたたび私に襲いかかる。もっと意地悪な顔をして、あなたの拳はまるで石のよう。ハンマーで脇腹を突き上げられたみたい、カミソリで胸を切られるみたいだった。何発も雨の矢のように、だんだんそれがもっと速く、もっとたくさん、もっと激しくなって、私の下腹、こめかみ、額、顎、胸を打つの。私はあなたにしがみつこうとするけど、お互いの汗で二人の身体はそのまま滑っていくだけ、つかむところはどこにもない。そしてあなたは私を押し戻す。もう一度、攻めてくる……。一ラウンドはどれくらい続くの？　三分、そう？

ショーティ　ああ。

スージー　それがなかなか終わらないの、三分間が一生続くかのように感じる。打ち込まれるたびに激しい苦痛が襲う、痛みを感じていない部分を探しあて体中くまなくパンチが打ち込まれる。私は力尽きて、崩れ落ちる。そしてあなたの足が私の方に近づいてくるのが見える、あなたは銀のリング・ブーツを履いているわ。いま終わったばかりなのに、予想もしなかったほどの激しさで、あなたは銀のブーツで私の胸をえぐる。そして突然、何もなくなる、もう攻めてこない。観客の怒号さえ消えた。レフリーがカウントを取る。ワン、ツー、スリー……私は傷だらけで……フォー、ファイブ、シックス……歯が痛い……セブン、エイト……痛みで胸が苦しい……。レフリーはカウントを取り直す、ワン、ツー、スリー……エイトまで……レフリーは何度もカウントを取るけれど、いつもエイトまでなの。もう一度立ち上がりたい、ベッドに上がって父のひげをひっぱっていた幼い娘時代に戻りたい。（スージーは笑い始める）あなたがリングを後にしようとするまさにその時、レフリーがあなたに言うの、試合はまだ終わっていないって。（今や全身を震わせて笑っている）あなたは振り返る、すると何を見ると思う？　トッドよ、きれいな赤いガウンを着た、無傷のトッド。（こんどはショーティが微笑む）あなたの拳は彼にはお笑い草、だってあなたは私にすっかり力を使い果たしてしまったんだもの。トッドがあなたの顎にほんのちょっとパンチをお見舞いすると、あなたはすっかり伸びてしまう。立ち上がろうとするけれど、できない。レフリーが勝者トッドの腕を高らかに挙げる……。おかしいわよね？

ショーティ　いいえ、ちっとも。愛していれば、何もおかしいことなんてないですよ。

スージー　一週間前から、この夢を見るようになったの。でも一昨日は、あなたに会えなかったあの日は夢を見なかった。それ以来、もうこの夢を見なくなったわ。それで私はとても愛している人から見捨てられたような気持ちがしてるんです。おかしいって思いますよね……。

ショーティ　いいえ、ちっとも。

スージー　（一冊の古びた本を取り出す）どうぞ、これをあなたに渡そうと思って来たんです。あなたがいま演《や》っている舞台の戯曲です。作者が生きている時代のものなの。あなたはドイツ語が話せないってトッドは言ったけど、あなたは喜んでくれると思って。

ショーティ　これを俺に？（スージーの話をうわの空で聞いて本をぱらぱらとめくる）

スージー　トッドにチャンスをくれたこと、あなたにどうしてもお礼が言いたくて。トッドは前よりずっと落ち着いて、お酒ももう飲まないんです。たとえ負けても、私たち抜け出せます。ハリウッドからトッドに話が来たし、マスコミはお金を払って彼の話を聞きに来る。あなたの前でこんなことを言うのはよくないってわかっているけれど、でももしトッドが勝ったら、彼は市長になれるかもしれない……。

ショーティ　（本に夢中でスージーの話を聞いていない）ドイツ語はわかりますか？

スージー　母がドイツ人なんです。でもどうして？

ショーティ　少し読んでもらえますか？

スージー　どこを読めばいいのかしら？

ショーティ　お好きなところを……どこでも適当に読んでください。ドイツ語だとどんな音なのか知りたいんです。

スージー

マルガレーテ　デア　メンシュ　デン　ドゥ　ダー　バイ　ディア　ハスト、

（あなたが一緒にいる、あのひと、）

イスト　ミア　イン　ティーファー　インネル　ゼーレ　フェアハスト。

（わたし、あのひとが心の底から嫌い。）

エス　ハット　ミア　イン　マイネン　レーベン、

（生まれてはじめてだわ、）

ゾー　ニヒツ　アイネン　シュティッヒ　インス　ヘルツ　ゲゲーベン、

（顔をみただけで、）

アルス　デス　メンシェン　ウィドリッヒ　ゲジヒト。

（胸がえぐられたようになるなんて。）

ファウスト　リーベ　プッペ　フルヒト　イーン　ニヒト！

（かわいい娘《こ》だ、怖がらなくてもいい！）

マルガレーテ　ゼイネ　ゲーゲンヴァルト　ベヴェークト　ミア　ダス　ブルート。

（あのひとがいるだけで落ち着かないの。）

イッヒ　ビン　ゾンスト　アレン　メンシェン　グート。

（ふだんは誰にだってきちんとできるのに。）

アバー　ヴィー　イッヒ　ミッヒ　ゼーネ　ディッヒ　ツー　シャウエン、

（どれほどあなたに会いたいと思っても、）

ハプイッヒ　フォア　デム　メシェン　アイン　ハイムリッヒ　グラウエン、

（あのひとがいると思うとぞっとする、）

ウント　ハルトイーン　フュア　アイネン　シァイム　ダーツー！

（あのひと、きっと悪党よ！）

ゴット　フェアツァイ　ミアスヴェン　イッヒ　イーム　ウンレヒト　トゥ！

（もしちがっていたら、神様にあやまるわ！）

ファウスト　エス　ムス　アオッホ　ソルヒェ　コイツェ　ゲーベン。

（あんな変人もいなくちゃなるまい。）

マルガレーテ　ヴォルテ　ニヒト　ミット　ザイネスグライッヒェン　レーベン！

（あのひとと一緒にはやっていけないわ！）

もっと読みます？

ショーティ　いいえ、ありがとう、ありがとうございます。……。思っていたとおりです、この話はドイツ語のような言葉でしか考えられなかったと思います。ありがとう、本当にありがとう。とてもすてきなプレゼントです。ありがとう……。

スージー　よろこんでもらえて嬉しいわ。もう一つ大事なことをお知らせしたかったんです。子どもが生まれるんです。トッドはまだ知りません。試合が終わったら、この話をしてなぐさめてあげようと思っているんです。彼が負けることはわかってますから。試合が近づいてあの夢が見られなくなったのがそのサインです。夢は期待を裏切らない、だがその夢が最初にお前を見捨てるのだ……。このニュースがトッドが敗北を乗り越える助けになればと思うわ。トッドより先にあなたに知ってほしかったんです……。あの、どうやってあなたにお礼をすればいいのかわからなくて……、それにあなたと妹さんのことであの人たちがトッドにあれこれ言わせていること、本当に恥ずかしく思っています。

ショーティ　なんでもないですよ、ボクシングはそういうものです。

スージー　そんなのまちがってるわ、あなたはそんな扱いをされるひとじゃない。ああ、私がどんなに恥ずかしいと思っているか、トッドがあんなことに加担するなんて、あんな……

ショーティ　なんでもない、言ったでしょう、これがボクシングなんです。

スージー　ああそう、忘れるところでした……。あなたの周囲《まわり》の人間に気をつけて。トッドは私が昨日と一昨日、ここを訪ねたことを知っていたわ。きっとここの誰かが彼に話したにちがいないわ。

ショーティ　そうとはかぎりませんよ、あなたがここに出入《はい》りするのを誰かが見たんですよ。

スージー　そうかもしれませんね。じゃあ、お時間を取らせてしまって、もうおいとまします。妹さんに私が謝っていたとお伝えください。（去ろうとして）ねえ、シャドーって何者なんです？

ショーティ　シャドー？

スージー　ええ、あなたたち、どうやって知り合ったんですか？

ショーティ　あぁ、話すと長くなるな……。この世界、人の出入りはひっきりなしで……。ありとあらゆるやつがいる……。おわかりでしょう、それがボクシングなんです。

スージー　……じゃあ、こんどこそ、行かなくちゃ。私のこと、そんなに変だって思わないでくださいね……。（見るからに怒っているアンジーとすれ違う）あ、あの、こんにちは……。

アンジー　（スージーにはまったく気をとめずに）まったくあいつらは完全にいかれてるわ！（スージーはそっと立ち去る）あいつらの最新の思いつき、知ってる？　私たちのことでトッドとマッケンジーが言ってることのせいで、コミッショナーが試合前の国歌を私が歌うのはもうだめだっていうのよ。あきれるじゃない！　すっかり段取りも決まってたのに、間際になって私に噛みついてきたのよ、それも……ああ、まったく、このまま黙っちゃいないわよ！

ショーティ　さあ、そんなことは忘れろよ、国歌を歌うのはきみだし、そうじゃなけりゃ試合はやらない。この件はシャドーが片づけるさ。

アンジー　私が歌うと国歌が穢れるんですって！

ショーティ　なら、きみはアメリカ国歌を穢すまでだよ。シャドーがうまくやるって言っただろ。歌うのはきみだからね。（本を見せて）見て。スージーが俺にくれたんだ……。彼女、俺がこの試合を受けてくれたお礼がしたかったんだって。新聞が書き立てていることについても、きみに謝まってたよ。はずかしいって……。なあ、彼女、不思議な夢のことを話してくれたんだ……。子どもが生まれるんだ。試合が終わったらトッドに知らせるって、それで彼が……。どうやって謝ればいいのかわからなかったんだと思うよ……。子どもはトッドので……

アンジー　私、何も聞いてないわよ。

ショーティ　さっき、彼女に挨拶すべきだったよ……。

アンジー退場。ショーティは本を開き、不思議なものを見るようにページをめくる、うちに暗転。

9　完全犯罪

リングの上、無表情のレフリーが腕を後ろ手に組み、リングの周りに「観客」、カメラ・クルー、カメラマン、記者たち等々が位置につくのを待っている。暗闇。カルテットがフォーレの《レクイエム》を即興演奏し始めると、アメリカの国旗を先頭にケッチェルがスポットライトに照らされて入場してくる。ケッチェルはコーナースタッフを従えている。スポットライトは、リング上で一気にリングの大きさに広がる。ケッチェルの入場は沈黙の中で行われ、《レクイエム》がその沈黙をいっそう強調する。ついでショーティが入場してくるのが見える。同様にアメリカの国旗を先頭に、コーナースタッフを伴っている。同じスポットライト、同じ《レクイエム》。リング上に両陣営が揃う。そして開始直前リング上に誰もいなくなると、さらに静寂すぎる印象を与える。カルテットも沈黙する。完全な静寂。照明がリングからカルテットに移動してアンジーをとらえる。アンジーはリングの中央に進み出るとアカペラでアメリカ国歌を歌い始める。歌が終わっても喝采は起こらない。静寂。アンジーはカルテットに戻ると、その間にコントラバスが単独で《レクイエム》をふたたび弾き始める。

レフリーの合図で両選手がリング中央に進み出てセコンドはリングから下がる。通常、レフリーは試合の注意事項を選手に言い渡さなければならないのだが、ショーティとケッチェルが睨み合っているのでレフリーは黙ったままである。火花が散る。試合開始。試合中、カルテットは演奏を続ける。演奏は、フォーレのレクイエムの旋律で始まるが、試合が進むにつれて次第に激しさを増し、ついには火山流のようなコルトレーンの《ア・ラブ・シュプレーム（至上の愛）》に至る。照明は試合が始まるとすぐにストロボになる（ラウンド間のインターバルを除く。その間は音楽も穏やかな演奏になる）。

最初の二ラウンドはケッチェルがわずかに優勢を取る。だが第三ラウンドで、ショーティの連打にケッチェルは倒れる。カウントの前に立ち上がるものの、見るからに回復していないのがわかる。再び連打を受けて、ケッチェルは再びマットに沈む。ケッチェルが立ち上がる。さらなる連打、再び倒れる。ストロボが止まり、照明が広がって「観客」が照らし出される。カルテットの演奏が突然止む。唯一サクソフォンだけが、事故の後の止まらなくなったクラクションのように、どこまでも長く同じキーの音を鳴らし続ける。

レフリーがケッチェルのカウントを取る。シャドーがその場を後にして退場する。カルテットが再びレクイエムを演奏し始めると、レフリーがそのリズムにあわせて、ゆっくりと、いつまでもカウントを取り続ける。エイト……フィフティーン……トゥエンティ……。しかしケッチェルはリング中央で伸びたままである。リング・ドクターがケッチェルを診る。スージーが駆け寄る。担架が到着し、一向に動かないケッチェルを運んでいく。スージーがその後を追う。舞台は、「レクイエム」のほかは完全に静まり返ったなか、スローモーションで進んでいく。

一方ショーティは、まるで悪い夢からやっと抜け出たばかりのように呆然とした様子である。ようやく自分がリングの中央に一人でいて、他の役者たちがみなリングの周りに集まり彼を見つめていることに気づく。突然、どこからともなく三羽のカラスが会場に飛んで来てその場にいる者の注意をひく。

ショーティ　（カラスに向かって吠える）シャドー!!!（泣き崩れて）ああ、なんてこと……

アンジー　（リングに上がりショーティのもとへ行って）ほら、来て！　ここを出るのよ。

（二人がその場を離れるとともにフェイド・アウトし、カラスの鳴き声が遠ざかる。《レクイエム》が鳴り続ける。）

10　忍耐強くなくて黒人がやっていけるか？

《レクイエム》が前場から途切れずにそのまま続いている。墓地、棺の前に参列者の一団、その後方、かなり離れてショーティが控えている。

神父　（追悼の祈りをしめくくり）……しかしまた、神に召されたトッド・ケッチェルは、勇気ある、そして才能豊かなボクサーであったばかりではなく、寛大で思いやり溢れる夫でもありました。かならずや、不運なスージーに授かった子どものよき父親になったことでしょう、そうです、スージーは今、苦しみのうちにあるとともに愛情に包まれてもいるのです、彼女は試合のあとに、夫トッドへの特別な贈り物としてこのことを伝えるつもりでした。トッド・ケッチェルは、よき夫であったばかりではありませんでした。彼の愛情の深さを身をもって感じることのできたわれわれは、彼がまたどれほど友情に厚き人物であったのかを知っています。よき夫でありよき友であったトッド・ケッチェルは、何よりよきキリスト教徒であり、信仰深き根っからのアメリカ人でありました。それでは、彼に愛されるという幸運に恵まれたみなさま、その死を悼みましょう、祈り、涙を流しましょう、神の絶えざる赦《ゆる》しのうちに、この試練を与えられたことを神に感謝しつつ、彼の死への哀悼の意を捧げましょう。彼の魂を神がお見守りくださいますように。

（棺が墓穴におろされる。三々五々、参列者が帰っていく。それぞれ立ち去る前にスージーにお悔やみの言葉をかけていくが、帰りがけにショーティと目を合わせないようにする。一方ショーティも彼らを避けている。全員が立ち去ると、誰かを待っているかのようなスージーと、そして墓地の奥にショーティが残される。《レクイエム》が止む。ショーティがスージーの方へ一歩近づいたその時、シャドーが反対側から姿を現す。あきらかに彼はショーティのところに来たのだが、ショーティがスージーの方に近づいて行ったので、彼も同じようにする。男たち二人がこの若い女に無言で近づいていく。）

シャドー　（沈黙を破るように）お悔やみを申し上げます、奥さん。

スージー　（シャドーに向かって）来ると思っていたわ。殺した相手の葬式を見逃す暗殺者は稀ですもの。

シャドー　何をおっしゃりたいのかわかりませんね。

スージー　いいえ、私が何を言いたいのか、よくわかってらっしゃるくせに……

ショーティ　（本を取り出して）あなたに赦してもらおうと思って来たんです。本を持ってきました。

スージー　（ショーティの声は聞こえていないかのように、かわらずシャドーにむかって）トッドがあなたに何をしたっていうんです？　はじめから彼の周りに糸を張り巡らせていたのよね。ショーティが彼を怖れてる、何よりあなた自身があの試合を怖れているからいつもOKしないんだって彼に信じ込ませた。そしてトッドはその話に乗せられた……いいえ、私たちみんながその話に乗ってしまった。最初からすべて腐ってた、うそっぱちだったのよ。彼がランダルやスケリーに勝ったのはやらせだったんでしょう……？

ショーティ　あの本を返しに来たんです。

スージー　……。全部でたらめだったのに、私たちは信じてしまった。昔のトッドに戻ったんだって、きらきら輝く幻を見せるのにあなたはまんまと成功した。本当はトッドはもう使い古したポンコツで、終わったボクサーだってことはわかっていたのに……、背中を押されるように少しずつ彼は墓場への道を進んでいった。

シャドー　それは買いかぶりです、奥さん．今言われたようなことをするには悪魔のようにものすごく賢くなければ！

スージー　ものすごく賢くなければならないかどうかは知らないわ、でも悪魔のように忍耐強くなければならないのはわかる。

シャドー　おそらくは。しかし忍耐強くなければ黒人がやっていけますか？

ショーティ　あなたに謝りたくて、それに本を返しに来たんです。

スージー　あなたがどうやってやったのかわからないけれど、トッドを殺したのはあなただって、私、確信しているわ。

シャドー　あなたのお苦しみがどれほど大きいか、わかりますよ、奥さん。ですが、だからといってそのような告発をしてもよいということにはなりません。なんの証拠もないんですから。

スージー　つまり完全犯罪ということね。それで、あなたは何者なの？

ショーティ　あなたに赦しを請《こ》いに来たんです。

スージー　（ようやくショーティに話しかける）赦しを請うような何をしたっていうんです、それにあなたを赦すどんな権利が私にあるんです？　あなたがよくないふるまいをしたとしても、神様はもうあなたをお赦しになっていると思うわ。みずから多くを苦しむものを神はお赦しになると言うでしょう？　あなたはたくさん苦しんだもの、ショーティ。それに……これがボクシングよ。その本は持っていて、あなたのです。でも気をつけて、あなたの夢はあなたを見捨てようとしているわ。（そしてシャドーの方に向き直り、彼の足の先から頭の先までじっと見る）何者なの、あなたは？

シャドー　私の名前はバスター・マッコーリー、カンザス州のトプカで生まれました。父は樵《きこり》で、空いた時間にはよくブルースを歌っていました。母は白人の家で働く家政婦でした。毎週日曜日には……（だがスージーはすでに立ち去ってしまっている）不思議だよ、みんな私が誰かを知りたがる、なのに誰も私の話を最後まで聞こうとはしないんだ。

ショーティ　お前の家に行くつもりだった。

シャドー　それで、ショーティ……、閉まりかけた夫の墓の前で白人女をなぐさめるために、黒くてたくましい、ひき締まったその身体をお前はここまで運んできたのか？

ショーティ　生きている者には無理でもせめて死者には敬意を払ってくれ。
シャドー　言っとくが、お前のことはお見通しだ。白人女は……
ショーティ　そんなふうに彼女を呼ぶのはよせ。
シャドー　（茶化して）おいおい、誰かこいつを止めてくれ、俺の目ん玉を引っこ抜くつもりだ、ボクサーのその大きな拳で俺を打ちのめすんだとさ。大馬鹿者が。幸い、こいつは死んだ人間たちの前でそんなマネはしない。たいそう敬意を払っているからな。（誰にともなく）ありがとう、亡くなったみなさん。
ショーティ　まったく笑えないよ。
シャドー　さあ……。お前たちはちょっとした贈り物をし合い、それを返して、互いに赦し合い、聖書まで引用している。素晴らしいよ、ショーティ！　お前は趣味がいい、小柄で、きれいな女だ。
ショーティ　どうしてお前はなんでも悪意にとろうとするんだ。
シャドー　なぜなら何にでも裏には悪意があるからさ。若くて、きれいな白人の未亡人。そそれるじゃないか！　あの女はまちがいなく悪魔のようにエロティックな身体をしている。神様もご承知の通り、俺はその道には悪魔のようにとても詳しいんだ。
ショーティ　お前はおぞましいよ、お前が触れるものは全部穢《けが》れちまう。
シャドー　そしてお前は、たぶんそうじゃないんだろう、まだ湯気が出そうなくらいできたての亭主の墓の前で後家《ごけ》さんのスカートの下をまさぐりに来たお前は？（ショーティは立ち去ろうとする）お前が俺をあちこち探しまわっているって聞いた。

ショーティ　お前は言ったことを守らなかった。

シャドー　お前に教えたかったんだ、決めるのはいつもこの俺だってこと、それが契約だってことを思い出させたかった。お前をタイトルホルダーに引き上げたその時から、お前は身も心も俺のものだってことを思い出させたかった。「お前は言った通りにしなかった」だって、いい冗談だよ！　俺が唯一言ったことは、お前をチャンピオンにするってことだ、そしてお前はチャンピオンじゃないか……。よく聞け、ショーティ、俺はこの試合に口出しせざるを得なかった、ミッキーがお前を売ったからだ。

ショーティ　ミッキー？

シャドー　サドラーが証人だ、チャーリー・チャックも知ってる。ミッキーは舌を出して俺たちを出し抜こうとしたのさ。トッドもやつの仲間もお前のトレーニングのすべてを知っていた。しかもだ……。チャーリーはこうも言った、お前がケッチェルの女房と会ってるとな、試合の数日前だ。いったいお前は脳みそをどこにおいて来たんだ、ショーティ？あの女はお前を骨抜きにしようと思ってやって来たんだぞ！

ショーティ　お前はまったく何もわかってないよ。

シャドー　俺がちゃんと目を光らせてなかったらお前はどうなるんだろうって時々思うよ。あの女は、お前が根っこではほかのボクサーと同じように情にもろい人間でしかないってことがわかっているのさ。だいたい今回の試合は、勝ったやつには憎悪の視線が向けられ拳の先には死があるってしろものさ。もし俺が手を出さなかったら、あそこに、あの墓の下にいるのはお前だった。そうなっても、まちがいなく、あいつらはお前の墓の前でくだらない優しい言葉を口にしたり同情の涙を流したりしやしない。喜びに小躍りしにやって来るのさ。だから俺は口を出さなきゃならなかったんだ……。

ショーティ　ミッキーは？

シャドー　あいつはアメリカから出て行ったよ。だがお天道様の前で身を隠せるものか。俺はあいつを探し出す、世界中どこまでもな……。フォーレイ戦は約束通り、お前一人でやってくれればいい。

ショーティ　いいや、それはもういいんだ、俺はもうボクシングはできない。

シャドー　いや、お前はまた始めるさ。（ショーティは震えている両手を差し出す）手が震えているのか？　どうしたんだ？

ショーティ　病気なんだ、シャドー。

シャドー　ばかな、お前は病気なんかじゃない、気が咎《とが》めているせいだ。

ショーティ　病気だって言ってるだろう、医者に行ったんだ。

シャドー　医者が考えているのは金のことだけだ。それに、だからどうだっていうんだ？　お前の勝ちはかわらないんだ。俺を信じるな？

ショーティ　もちろん、お前を信じるよ。でも俺には治療も休養も必要なんだ。早く治療すれば助かる見込みはまだあると言われている。そのあとでなら、お前が望むなら、またボクシングをやるさ。

シャドー　お前は思いちがいをしていると言ってるんだ。お前は誰も殺しちゃいない。あれはボクシングなんだと自分に言い聞かせろ。あの女の言った通りだ。多く苦しんだ者は多くを赦される。お前も俺も、俺たち二人とも、苦しみの連続だった。それが俺たちのなけなしの財産で、ほかのやつらの良心への貸しなんだ。
シャドー　彼女はそんなこと言ってやしなかった！
ショーティ　聞けよ、ショーティ、俺と同じ考え方をしろとは言わない、でも頼むから俺のためにボクシングをやってくれ。簡単な話だろう？
シャドー　じゃあ、俺を治してくれよ。
ショーティ　俺が脅しが嫌いなのを知ってるはずだ。
シャドー　お前は俺を治せる。だから治してくれ。
ショーティ　どうやって治せというんだ、お前は病気じゃないのに。
シャドー　だったら手術を受ける。
ショーティ　時間がないんだ、フォーレイ戦はもう延期できない。チケットは販売を開始しているし、ＴＶもスタンバイしてる……、すべて走り出しているんだ。
シャドー　ボクシングはできない。無理強いしたいなら、マスコミに俺の病気のことを話す……
ショーティ　気をつけてものを言え、ショーティ！　俺が他人から牙をむかれるのが大嫌いだってこと、知っているだろう。はったりをかけるつもりだったか、えっ？
シャドー　そうじゃない、信じてくれよ。
ショーティ　ちがわないさ！　どうしてそんなはったりをかますのか、自分でわかっているのか？お前がアンジーを愛しすぎているからだ。彼女に何か起こってほしくない、だろ？

ショーティ　お前はそんなことしやしないさ？
シャドー　やるさ！　一瞬だってためらったりせずに……、そしてお前はそれがわかってる。契約を遵守する、それがすべてだ。こんなことを言うために俺に会いたかったのか？（ショーティは返事をせずに出ていく）あの後家さんにはお前が好きな時にお前のベッドにはべらせてやるよ、お前がトッドにしたことの褒美としてな。……。お前が好きなときにお前のベッドにな。（ショーティはすでにその姿が見えない。シャドーはケッチェルの墓前に進む）言っただろ、トッド、俺はいつも言ったことは守るんだ。（退場、暗転）

11　決断

ムッシュー・ジャンが一人、アンジーの楽屋で待っている。見るからに、彼がここへ来るのは初めてである。彼は壁に貼ってあるジャズの有名歌手（ベシー・スミス、ビリー・ホリデー、エラ・フィッツジェラルド、サラ・ヴォーガン、等々）の写真を眺めている。楽屋のスピーカーから、ホールのカルテットの音楽と客の喝采が聞こえる。アンジーがステージ衣装で登場する。

アンジー　まあ、ムッシュー……。お待たせしちゃったんじゃないですか？
ムッシュー・ジャン　いや、いや。着いたばかりですよ。
アンジー　よく来てくださったわ、さあ、おすわりになって。

ムッシュー・ジャン　お邪魔しますよ。
アンジー　何かお飲みになります？
ムッシュー・ジャン　バーボンをもらえますか。
アンジー　ねえ、もっといいものがありますよ。（カルヴァドスの瓶を取り出す）今晩、クラブに来る途中で買ったんです。フランスものなんですって。それで思ったんです、「これでムッシュー・ジャンを買収しよう」って。
ムッシュー・ジャン　ああ、うん、カルヴァだ。北フランスで作られるんですよ。
アンジー　召し上がります？
ムッシュー・ジャン　もちろん。……ありがとう。すばらしい、そう思いませんか？
アンジー　ほんとう、おいしい。でも……それじゃあ感想にもならないわね。だってこれを飲むのは初めてなんですもの、だから……ほかと比べられなくて。
ムッシュー・ジャン　いやいやどうして！　とてもいいものを買いましたよ。
アンジー　ありがとう、喜んでもらえてうれしいわ。（スピーカーをオフにする）
ムッシュー・ジャン　（音楽のことを言って）ああ、よかったのに。
アンジー　あら、お邪魔かと思って。じゃあ、つけますね。（ふたたび音楽が聞こえるが、時々、喝采に音が途切れる。アンジーは鏡の前に座り化粧を落とす）それでフォーレイとの試合ですけど……練習は進んでます？
ムッシュー・ジャン　知ってのとおり、ショーティはもう本気で練習はしません。だんだんジムに来るのも減って来ていますし、来ても一緒におしゃべりするだけで終わりです。

アンジー　でもじゃあ、あとの時間はどうしているの？（ムッシュー・ジャンはきまり悪そうに沈黙する）彼女のところなのね？

ムッシュー・ジャン　あの事故以来、彼はどうすれば赦してもらえるのかわからないんですよ。それで彼女のそばにいて慰めようと……役に立とうとしているんです。罪悪感を感じているんですよ。……。彼がどんな人間か知っているでしょう。罪を償おうとしているんだと思います。でも人の口に戸は立てられません……。彼女が妊娠していることは知っているでしょう？

アンジー　知ってるわ。

ムッシュー・ジャン　子どもはトッド・ケッチェルの子どもです。

アンジー　知ってるわ。

ムッシュー・ジャン　トッド・ケッチェルは一切それを知らなかった。

アンジー　そのことも聞いたわ。

ムッシュー・ジャン　……。私はこう思うんですよ、この話が彼をおかしくさせてるって。みんなが何を言ったって、結局たいしたことじゃありません。重要なことは、彼自身の行動が彼についてとやかく言わせるきっかけになっているってことです。夫のいない、もうすぐ子どもが生まれる女のところに一日中しけこむなんて、噂にならないほうがおかしい。もうボクシングができないなら、やめればいいんです。彼は病気に見えましたか？彼の動きにはまとまりが欠けているし、反応速度もだんだん遅くなっています。そうですね……。ロビンスに言ったんです、ロビンスっていうのはミッキーの後についたスパーリング・パートナーなんですが……、で、こう注文をつけました、見たいから、ガードを開け、空きを作れ、ミスをしろってね。そうしたらショーティはそんなものもう見ていない、一瞬でとらえるあの伝説の目を持つショーティが。あなたは彼に言わなくてはなりません、フォーレイ戦を断ってボクシングをきっぱりやめるべきだとね。フォーレイのことはよく知っています。おとなしい相手じゃない、何より……やつは今でもひどく飢えています。

アンジー　今日いらして頂いたのは、そのことを話したかったんです。フォーレイのことは心配いりません。プティ・ジャズは勝ちます……たとえ両手がなくたって。そしてボクシングを続けます、棺桶に片足をつっこんでたってね。

ムッシュー・ジャン　ばかな！　それで彼はどうしたいんです。やめると言ったかと思えば、もうやめないと言って……。まだ何を証明したいんです？　彼はすべての頂点にいるじゃないですか、栄光も知名度も財産も！　これ以上何が欲しいんです？　やめなきゃダメだ！

アンジー　彼にはできないわ。彼をシャドーに結びつけているあの契約があるもの。

ムッシュー・ジャン　だから？　誰にだって契約はある！　それにショーティは、どんな契約だって解消するだけの力がある！

アンジー　そんなに単純じゃないのよ。ある日してしまったことが一生つきまとって離れない、そんなものがあるのよ。プティ・ジャズは飢えていたの、すべてに飢えていた、お金にも、栄光にも、愛にも、そして……すべてに飢えていた、若い時はみんなそう。それであんなやつとの大変な契約にサインしたのよ……

ムッシュー・ジャン　シャドー？

アンジー　シャドーよ！　ムッシュー・ジャン、あなたの契約はどんな内容です？

ムッシュー・ジャン　私の？

アンジー　ええ、あなたの。

ムッシュー・ジャン　ごくありふれたものですよ。私が辞めたいと思った時にショーティのもとを去る。

アンジー　いつか彼のもとを去ると考えてらっしゃるの？

ムッシュー・ジャン　考えていませんよ！　今じゃもう、それは無理です、あまりに強いつながりができてしまったから……。そう、ボクサーにとって一番危険な存在はトレーナーです。トレーナーはボクサーを自分の息子のように愛さなくてはならない。ショーティ、私は彼の父親じゃありません、母親です、わかるでしょう。ラウンドが終わるたび、彼は誰をたよりにしています？　コーナーに戻って来て私にこう言うんです、「ムッシュー・ジャン、俺の左のフックがあいつにきいてると思うんだ」とね。私は鼻が高い。プティがひどい扱いをされているのを見るような、つらい時間をあなたに過ごさせたりはしませんよ……。ああ、無理ですよ、本当に、彼のもとを離れるなんてできません、私のプティですよ！

アンジー　思っていた通りね、あなたも、プティ・ジャズを通してあの男とつながっている。あなたも契約に縛られているのよ。

ムッシュー・ジャン　どの契約？
アンジー　話せば長いわ……今度にしましょう。でもこれだけはわかっておいて、ボクシングをやめるには、プティ・ジャズは負けなくちゃならない……、でも、あの碌《ろく》でもない契約のせいで、彼は決して負けないの。
ムッシュー・ジャン　そんなこと口にするものじゃありません。リングにはいつだって敗北が隅でからだを丸めて待ちかまえている、それが誰であれ、最後はいつか敗北と出くわすんです。そんなこともう二度と口にしてはいけません、不幸が寄って来ます。
アンジー　彼は決して負けない、そう言いましたよね。たとえやめたいとプティ・ジャズが望んでも、私が、そしてあなたが望んでも……。彼の人生はもう自分でどうにかできるものじゃない。みんなわかってない、みんなが見ているのは豪華絢爛で、光輝く、絹に包まれて、金箔で飾られた人生だけ……。でも、彼がいまリングの上でどれだけ不幸かなんて目に入らない。神父さんだってミサを強要されれば神様を信じなくなるっていうじゃない。彼の命の灯《ともしび》は消えかかっているんです、ムッシュー・ジャン……
ムッシュー・ジャン　そうですね、見ていて私も怖い。
アンジー　ムッシュー・ジャン、彼があそこから抜け出せるように手を貸してください。彼がボクシングをできなくなるように私たちでなんとかしましょう。もしコミッショナーがライセンスを取り上げれば……
ムッシュー・ジャン　でもどんな理由で？
アンジー　ボクサーにとって一番危険な存在はトレーナーだって言いましたよね……。それでお願いがあるんです、私の言うことを聞いてください……。フォーレイ戦の試合後の検査で彼がポジティブになるように何か仕込むことはできませんか……（スクリーンがゆっくりと降りてくる）……お願いします、ダメだって言わないでください。試合中に飲ませる水に……

ムッシュー・ジャン　そんなこと、私にはできませんよ！

アンジー　もしプティ・ジャズがドーピングしてたって世界中が見てる前で明らかになったら、彼のキャリアはおしまいになるわ。

ムッシュー・ジャン　だが、終わるのはそればかりじゃないでしょう！　すべてが終わってしまう、名前も、名声も、伝説も……彼がデビュー以来築き上げてきたすべてが、栄光も、財産も、他人《ひと》からの尊敬も……すべてです、すべて終わってしまうんですよ。もう芝居だってできなくなる……！　すべてです、なあ……

アンジー　私を信じてください、プティ・ジャズは今彼が生きているすべてに終止符を打つほうがいいとたぶん思ってます。すべてが終わる……でも、プティ・ジャズは残るわ。

ムッシュー・ジャン　はっきりノーですよ、そんなことをしたらプティ・ジャズはもういなくなってしまう。なぜなら今やプティ・ジャズが伝説だからです。

アンジー　お願いです、彼を助けて。それができるのはあなただけなんです。……。あなたがよくしてくださったことは私が証言します。あなたにお会いする前から、プティ・ジャズはやっていたって、あなたは関係ないって……あなたは知らなかったって言いますから。

ムッシュー・ジャン　そんなことは必要ないでしょう……。その契約というのは、何なんです？

アンジー　あとで説明します。今は、彼を救うために私に手を貸してください。ぼろ切れみたいになった今の彼より、地に堕ちた伝説の方がましなんです。

ムッシュー・ジャン　（出て行きながら）考えてみましょう。

アンジー　あぁ、ありがとう、ありがとう……

ムッシュー・ジャン　考えてみると言っただけですよ。

アンジー　それでもありがとう。

（スクリーンに、世界中の新聞の〝一面〟が次々と映し出される、「ショーティ、ドーピング！」「神話崩壊！」「薬漬けチャンピオン」「スキャンダル！」等々。）

ムッシュー・ジャン　あなたに言っておくことがあります。プティはあなたが考えているよりずっと下まで堕ちていく、その時あなたはその衝撃に耐えなくてはなりません。あなたがこれから目にするものはあなたには決して嬉しいものじゃない。その姿はもうチャンピオンでもなければ人間でもない、あなた自身が目をそむけたくなるような、虫けらです……。（退場）

12　幸福を頭で考えるな、それが不幸を招く

前場から切れ目なく次の場に移ると、流れていた映像の速度がどんどん速くなり、カルテットは再びコルトレーン・タッチに変わる。アンジーはそっと退場する。ショーティが登場、ジャケットを頭からすっぽりかぶって顔を隠している。カメラマン、TVカメラ、野次馬らの一群に追いかけられている。リポーターたちの質問は、次第に攻撃的かつ暴力的になっていく群衆の暴言にかき消される。ショーティは客席に逃げ込むが、群衆は劇場中をヒステリックに追いまわす。最初の場所に戻ったところでショーティは走るのをやめる。舞台上、アンジーの楽屋はリングに変わっている。スクリーンの映像はすでに消えている。ショーティはリングに逃げ込むが、群衆はそこで彼に追いつく。ショーティは群衆の中に見えなくなる。カルテットは演奏をやめる。音楽の後を追うように、群衆が切れ切れに剝ぎ取ったショーティの衣装を手に静かに消えていく。

ショーティは裸でリング中央に横たわっている。スクリーンに再び映像が流れる。こんどはアフリカの村の日常風景が映し出される。女たちは粉を挽き、仮面をかぶった男たちが踊り、子どもたちが川で遊ぶ、陽気さと喜びにあふれた映像が映し出される。始めのうちは画質のよいカラーの映像であるが、しだいに質の悪いものになっていき、やがて白黒の映像に変わる。画質は劣化するが、目に映る、とりわけ子どもたちの楽しげな様子に変わりはない。映像が消えてもプロジェクターの明かりはついたまま、そこにスクリーンを覆うように巨大な影が映し出される。動か

ないその人影は、ドアの後ろに隠れているように見える。

ショーティ　（目を覚まし、足音を聞いた気がして）アンジー？　アンジーかい？

シャドー　（白衣姿、スクリーンを割って登場する）いや、悪いが俺だ。

ショーティ　ああ、シャドー、お前か、いたのか！

シャドー　どうだ？

ショーティ　ああ……、いいよ。ものすごく幸せな気分だった……だから俺は死んだんだって思ったのにな。ああ、ほんとにみんな冷たかったな！

シャドー　忘れろ、終わったことだ。ほら、見てみろ、お前に持って来たんだ。（シャドーはショーティに赤いガウン、バンデージ、そしてリング・シューズを渡す）

ショーティ　ありがとう。（着ながら）やつらみんな奪っていった……。（間）ここは清潔《きれい》だな。何もかも清潔《きれい》で、磨かれていて、かたづいている。人間もやっぱり清潔《きれい》な身なりをしていて、でも盗人《ぬすっと》だ。やつら、お前が俺にくれるものすべてを奪っていく……。でもやつらは清潔《きれい》なんだ……

シャドー　他にいるものはあるか？

ショーティ　（聞こえなかったように）アンジーは？

シャドー　アンジー？　昨日も言ったが……彼女は休んでる。ちょっと問題があってね。裁判所の証人喚問で叫び出したんだ、俺がお前の魂を狙っていたって、だがそれも無駄骨に終わった、自分とのセックスでお前の魂は彼女の胎内に逃げ込んだからって言ってね。法廷の真ん中で服を脱ぎ、下着で俺を殴りつけた。俺は悪魔だ、お前の魂を狙っていたんだと叫びながら、血で汚れた下着で俺を張り飛ばした……。まったく、ひどいものだった！　白人たちは彼女が……彼女には休息が必要だと言った。それでやつらは彼女を病院に入れたんだ。

ショーティ　（シャドーの話を本当には聞いていない）ああ！　……。ここは清潔《きれい》だ！　何もかも整然としている。人間も清潔《きれい》で礼儀正しいのにあいつらは盗むんだ。病院の食堂、見たかい？　どこもかしこもぴかぴかさ！　ナプキンも、皿も、フォークも、ナイフも……何もかも輝いてる。……。だが食い物は反吐が出る。……。清潔《きれい》なものは好きだよ……。ああ、そうだ、見てくれよ！（両手を見せる）もう震えないんだ。

シャドー　だろう。気が咎めて震えているんだと言ったじゃないか。ここはいいか？

ショーティ　ああ、いいよ……わからないけど……たぶん……。そう、とにかく、俺は幸せだ、でも……

シャドー　幸福を頭で考えるのはよせ、それが不幸を招くんだ。それで俺たちがどうなったのか、よく見てみろ。お前をひっきりなしにのぼせ上がらせていたやつら、俺がお前に売っているのはまやかしだ、夢物語だ、そして地獄の苦しみを味わう罰でしかないと言っていたやつら……やつらはみな今どうしてる？　本当の幸せの始まりと終わりがどこにあるかを知っていると言っていたやつらはどうしてる？　心はすさみ、欲求不満で一杯だ！　やつらは幸福のうわべを飾る言葉以外、幸福の何を知っている？　悪魔に愛されようが神に愛されようが、お前にとってそれがどうだっていうんだ？　肝心なのは愛されることだろう？　そして俺は、お前が好きだよ、チャンプ、お前を愛してる、やつらがどう言おうとお前がどう思おうと。見てろよ、以前通りすべてもと通りになる、俺はお前をここから抜け出させる、その糞詰まりの状態を直してやる、お前はまたリングに上がって、もう一度お前の魔力《マジック》で世界を魅了するんだ。

ショーティ　俺に色目を使う看護婦がいるんだ。俺に会うたびにサインをねだる。今日の昼、食堂の前で俺を待っていた。俺に笑いかけるんだ。彼女のくちびるはカーネションの花びらみたいで。彼女はいい匂いがする。一緒にレンズ豆を食った。メシは反吐が出るほどまずい。でもレンズ豆はうまく煮えた時にはうまいんだ。いずれにしても食うとガスが出る。今日のお昼、彼女は食堂の前で俺を待っていた。彼女は何も言わず、俺を見つめた、その目で俺の手をいとおしげに見つめるんだ。（すべての役者たちが少しずつ登場し、リングの周りに立つ。全員、白衣姿である）見てくれよ。（再び両手を見せる）もう震えてない。

シャドー　よかったな。

ショーティ　今晩、爪を切ろう。……。それでムッシュー・ジャンは？

シャドー　あいつのことは忘れろ。

ショーティ　今晩……（突然、声をあげて泣き始める）まったく、みんなすごく冷たかった、本当に薄情だった！　お前だけだった、残ってくれたのは。俺は信じてたのに……

シャドー　お前を見捨てることは、俺自身を見捨てることになる。俺はお前の召使いだ、お前はそれを少し忘れすぎる。たとえお前がもう俺には会わないと決めても、それでも俺はお前のそばにいる。俺たちは血と言葉で結ばれているんだ、わかるか？

ショーティ　なあ、シャドー、それほどの愛情に見合うだけの、何を俺はしただろう？

シャドー　言っただろう、ショーティ。幸福を頭で考えたりするな……。みんなもうすぐお前のところに戻ってくる。いろんなことが起きてお前の魂は震え上がり逃げ出した。だが、みんながお前に魂を取り戻してくれるさ……。

ショーティ　今晩、爪を切るよ……。

シャドー　……。みんながお前の魂を見つけ出したら、お前の魂を安心させてもらわなきゃな、お前の魂はもう何ものにもいたぶられたり傷つけられたりしないって言ってもらわなくちゃな。そうすればお前に魂を取り戻し、すべてまた前のようにやり直せる。だがそれには少し時間がかかる、わかるか？

ショーティ　アンジーは？　……。そうだ、妊娠しているんだったな、そう言ったよな。

シャドー　いいや、彼女は妊娠していない、本人はそう思っているが……。だがまあ、大丈夫だ。（スージーからの贈り物を取り出し）ほら、お前の本を持ってきてやったぞ……

ショーティ　お前は本当に天使だよ、シャドー。（ふたたび手を見せて）俺の手を見た？　もう震えないんだ。

シャドー　だって、一度も震えたことなんてないだろう、チャンプ。

ショーティ　（白衣姿の俳優たちに向き直り）誰かドイツ語ができる人はいますか？　仕方ないな。持っててくれよ、シャドー、盗まれないか心配なんだ。わかるだろ、みんな清潔《きれい》だけど、盗むんだ……

（ショーティは起き上がり、リングガウンが似合っているか、バンデージがきつすぎないか、シューズが足に合っているかを確かめるしぐさをする。少しずつ、シャドーの声に励まされて、ショーティの動きは次第にぎこちなさがなくなり、流れるような滑らかな動きになり、そして激しいコルトレーン・タッチのリズムにのせた、狂ったようなシャドー・ボクシングへと変わっていく。）

シャドー　そうだ、行け、チャンプ、しなやかに、しなやかに……

踊れ
踊れ　ショーティ
踊れ　幼い子どもたちのために
夢を砕かれ
踏みつけられ
奪われた子どもたちのために
踊れ
踊れ　ショーティ
踊れ　幼い子どもたちのために
寒さに震え
喉は乾き
お腹をすかせた子どもたちのために
踊れ

踊れ　ショーティ
踊れ　幼い子供たちのために
タバコの煙のように命は消えて
吸い殻のように踏みつぶされ
灰にまみれた共同墓穴に
かかとで押しやられる子どもたちのために
踊れ……

（シャドーの声は次第にカルテットの激しい音に飲み込まれていく。突然、音楽が止まる。その瞬間、ショーティはそれまで唯一音楽に支えられていたかのように、膝から崩れ落ちる。ゆっくりと、ショーティはバンデージを巻いた両手を見つめる。）

ショーティ　そうだ……、今晩、爪を切らなきゃ。

（白衣姿の俳優たちが拍手をし、ショーティとシャドーが挨拶をする。そして二人は舞台から降りて、他の俳優たちと手をつなぎ、客席の客に向かって挨拶する。暗転。）

〈幕〉

ブルー・ス・キャット

姉妹ジャハ・ンゴを偲んで

天を王座とする方は笑い、
主は彼らを嘲り、
（詩篇第二編四節）

上昇。

エレガントな女。

エレガントな男。

ルイ・アームストロングの《この素晴らしき世界》（かすかに聴き取れるほどの）に乗って、女と男が上昇する。

二人とも幸福そうに見える。少なくとも平穏な気配。

二人はそれぞれの場所で別々に、聴き取れないくらいかすかな音楽に乗って身体を揺らす。

上昇。

二人の身体はかなり近い距離にあるのだが、お互いの存在には気づかない、あるいは気にしていないように見える。

二人はそれぞれ自分のテリトリーの中にいて、幸福である。眼を半ば閉じ、二人は左右対称に、しかしそれにはまったく気づかずに、ほんのわずかに身体を動かして踊る。

重力を感じさせない軽やかなバレエ。互いに相手の調子は気にしていない。幸福。

上昇。

だが間もなく音楽は、軽い咳払いのようにかすれ、切れ切れになり、べたっと重い、涙を誘う、痛々しい感じになる。まるで弾まなくなったスプリングのように、勢いをなくして早々に萎えてしまったかのようである。

男は踊るのを止め、そして眼を開ける。

女は、目を半ば閉じ、何も気づいていないかのように「トリップ」したまま……

そしてエレベータが止まる。

女はようやく目を開け、踊るのをやめる。

＊＊＊

女は、息を殺して身構えると、コール音か合図か何かの音がするのを待つ。だが何もなし。

誰かいます？

沈黙。

女はケージの中のねずみのように走り回る。

いいかげんにして。

いいかげんにして。

いいかげんにしてよ。

突然、おそらくは怒りから、フラストレーションからかもしれないが、女はエレベーターの壁に頭を打ちつけ始める。

＊＊＊

男は、身動き一つせず、微動だにしない、まるでエレベーターの壁に頭を打ちつけている女の姿など存在しないかのようである。

＊＊＊

なによ。バカじゃない。ふつうの人なら言うでしょ、やめなさい、けがをしたいのか、けがをしますよ、けがをしてるんじゃないですか、お願いだからやめてください。それがこういう場合に言う言葉よね。そんな言葉、何でもないように思えるわよね、そんな何でもない態度、何でもないちょっとした言葉、でもそれがなぐさめになるの。ふつうの人だったら心配してハンカチを取り出すわ。けがをしませんでしたか？　見せてください、じっとして、ちょっと私に見せてくださいい。でもこの人は平然としたまま、ポケットに手を突っ込んで、両手をポケットの奥に突っ込んだまま。そんなこと、ほかの人にしてよ、私じゃなく、ほかの人にして。

女は興奮した様子でハンドバッグを開ける。

女は何か取り出そうとする、が躊躇する。

女は男を見る、じっと見つめる。

男は女を見るが、とりたてて意味のある様子はない。

間。

女は男から視線をはずさずに、ひどくゆっくりバッグを閉める。

なによ。

＊＊＊

そこだよ。
誰だって何も見たくないさ。
何も感じたくない。
何も聞きたくない。
顔をそむけ、
現実から目をそらし、
眼を閉じて、
鼻を押さえ、
耳をふさいで、
顔をそむけた。
何かって顔で。
そしたら、
やつが固まっているのがずっと見えて
視線の先に、
風の向きで、
頭が割れるくらいのわめき声がずっと聞こえて、
実感する。

納得する。
お前にもこんなふうに降ってくるって、
いきなり瓦が落ちてくるみたいに。
屋根から。
空から。
どこかから。
それで理解する
おおかたの人生がそうであるように
自分の人生も取るに足らないって。
すべての人生がそうさ。
今さらの確認事項。
ある日お手上げさ。
あきらめないぞ。
筋肉を緊張させ、
歯を食いしばり、そして、
折れた心でブッダのように微笑み、
人は戦いに挑む
二〇%じゃなく三七%のために。
メリデシャは言う

やってみる価値はある。
メリデシャは言う
足を踏まれたままじゃだめだ。
メリデシャは言う
信じ続けなくちゃいけない。
メリデシャは言う
それは死活問題だ。
メリデシャは言う
なんであれ譲歩するなんて問題外。
いくらなんでも
許せないだろ、他人が俺たちに。
いや。
頭を下げるなんてやっぱり無理だ。
いや。
理由なんて。
いや。
やっぱり死ぬわけにはいかないだろ、だからって。
いや。
いかない。

いかない。
いかない。
仔羊みたいになるのはごめんだ、
メリデシャは言う。
歯を食いしばり、
まぶたを閉じて、
ケツの穴を締めろ。
何一つ譲歩するな。
卑劣なマネは絶対許してもらえないぞ。
だからこうやって。
そう締めるんだ。
ばかみたいにいい感じだ！
しっかり締めろ。
身も心も。
締めるんだ。
ぐっと抑えたよ。
ぐっと抑えたさ、わかってるから、
揺るがない、まじりけなしの確かさ、
まったくもってばかばかしい。

あれを理解するなんて、
括弧なし
条件なし、
留保なし、
余地なし、
後《あと》も先もなし、
あれを理解するなんて、
こうやって、
冷静になる。
ぐっと抑える、だって
もうわかったからさ。
わかってるんだよ。
ただ
メリデシャが言うように、
踏みつけられたままじゃいけないってこと。
だって三七%は二〇%じゃないから。

＊＊＊

ああ、私を苛むこの欲求！　耐えるのよ。しっかりして。すべてが正常に戻るまで．我慢するの。

そうしなきゃ。

間

出すつもりね。短くてずんぐりしてる。いいえ。むしろ長くて先がとがった感じ。曲がってる、ちょっとだけ。三日月みたい。アレを出すんだわ。その笑顔に答えるべき？

間

女は微笑む。

恥ずかしそうなふりしてる。視線をおとして。胸。私の胸ね。胸を見てるのね。あの人、私の胸を見てるのね。いつもそう、胸を見られている時に感じる、自分が胸でしかないって感じ、それで全身の重さを測られてる感じ。胸がぱんぱんにはちきれそうになる感じ。あの人が見れば見るほど、あの人の目からほとばしる得体のしれない気持ち悪いその目の輝きで一杯になる。見てるわ。ほら遠慮しないで、胸の谷間をさぐるようにその目で舐めるように見てごらんなさいよ、ほら、何をためらってるの？　しっかり見なさいよ、しっかり見るのよ、その目で胸の重さを測ればいいわよ、わしづかみにしなさいよ。この胸、あなたの好み？　大きくて柔らかくて熟れた感じもいいわけ？　それとも小さな乳首、固いおっぱいじゃないと、その舌はそそられない？

間

女は、自分の服が短かすぎないか露出しすぎじゃないかと、あれやこれやを確かめる。女はボタンを押す。

女は胸の前で腕を組む。

そわそわしてる。目をそらしたわ。胸から目をそらした。ちょっと神経過敏よね？

＊＊＊

男はもう一度微笑む。
女はそれに返さない。
男の微笑みがはっきりと消える。
間
そりゃあ絶望的だよ
人間の欺瞞ってやつは！
傷つくさ
認めるのは
まちがったって。
つまりは
やつはしっかりやれないってことさ、仕事を。
ちゃんとは。
とにかく十分じゃない。
あいつらには鼻先に証拠をつきつけても無駄なんだ。
女はボタンを押す。
男は微笑む。
女は、微笑まない。
男ももはや微笑まない。

男は自分の爪を見つめる。
ほとんど。
ほんのちょっと。
それでよかったんだ。
できたんだよ。
俺には十分だったんだ
指一本動かせば。
ほらこんなふうに。
それで。
なぜって
はじめてだったんだ
見たのは。
そんなに近くからはって意味だけど。
間
実際見たことなんて全然なかった。
近くからも遠くからも。
記憶のかぎり。
見たのははじめてだ。
いつも思ってた

そんなもの存在しやしないって。
いつも思ってた
映画の中だけのことだって。
いつも思ってた
巨大な機械。
ちょっと原発みたいな。
でかいコンピューター。
小さいコンピューター。
最近はすごく小さいのが作られてて
中に入ってるんだよ、入ってるんだ。
とにかくコンピューターさ。
カードを全部飲み込むんだ。
想像できないくらいのありとあらゆる数字をすべて、
掛けて、足して、引いて、割って
カードを吐き出す時には、
どれも端数までの、正確な数字が出てくる
国に納める額。
それって、マジックだよ。
やっぱりマジックだって思う。

　　間

もちろん中に突っ込むやつがいる。
何もしないで勝手に行くわけじゃない。
ちゃんと手を使ってやらなくちゃ。
入れなきゃ、カードを。
つまるところはコンピューターなんだけどさ。
じゃなきゃマジックなんて起きないだろ。
マジックなんて起きないよ、じゃなきゃ。
誰かが決めなきゃだめなんだ。
とにかくそうだって。

　　間

今朝までは。

　　間

彼女の言う通りだった、メリデシャの。
行ってよかった。
直接行ってよかった。
機械の後ろで息をしているのは誰なのかを見られてよかった。
なぜって
機械の後ろには誰かがいたからさ。

またしてもメリデシャは正しかった。
機械はあった。
コンピューターはあった。
でもむしろ人間だよ。
いつだって決めているのはやつらさ。
結局のところ、決定を下すのはいつもやつらなのさ。
それを
それぞれが国に支払う額を。
端数まで。
決めているのはいつだってやつらさ。

間

彼女の微笑みに俺はもう応えない。
理由もなく、返事が返ってこなくても、
笑い続ける人間の七三%は
根っからバカなんだ。
データは遠慮がない。
俺が笑っても彼女は二度もそれをはねつけた。
じゃあ勝手にしろ。

＊＊＊

ほら見て、堅物だっていう顔に戻ってる、何も見なかった何も見てない、私がそこにあの人のそばに毛穴まで見えるくらい近くに胸もあらわな格好でいるなんてまるで気づいてないって顔に戻った。それってブラの中をまさぐるようにずっと見てるから、最悪最低の罪の意識を感じさせられて胸がはち切れそうになってる私が胸の上で腕を組んでいるから？

女は組んだ腕をほどく。

男が微笑む。

女はいま一度微笑む。

あ、また笑いかけてる。あなた笑っていない時の方がいいわ、かんしゃく持ちの子供みたいな顔をしている方がいいと思うわ。ねえ見てよ、あの人！　壁に寄りかかってポケットに両手を突っ込んで笑顔を見せてる。何もしない。自分は何もしないって言うわけね。責められるようなことは何もない。両手をポケットに突っ込んで壁に背中をつけて動きません。そしてにっこり微笑む、自分は何もしない、だからおとなしくしてろって。つまらない男。不安の海の中、おかげで私の不安は募る一方よ。私が先にしかけるのを待っているのね……。肉ってやわらかくなるのよ。そうなんですって。テレビでドキュメンタリーを見たのね、頭で魚を捕ってた、まだ生きている鯉それを煮えたぎった油の中に入れて、そしてそれを盛りつけるのねお皿に細工切りしたにんじんとキュウリが飾ってある真ん中にね見たのよ。頭がまだ生きてたわ。目は活き活きして透き通っていたしエラだってまだ生きてるって感じで赤いままなのにほかの部分は調理されて見るからにぱりっと揚がってた。男の人がお皿を自分のほうに引き寄せた。念入りに皮をとってるのに魚の目は活き活きと透き通っていてエラはまだ動いてた。ストレスなんですってストレスが肉をやわらかくするんですって。だからほかの人とおんなじにあなたも私をまず恐怖でフライにしておこうってわけね。

＊＊＊

みんなくさってるよ！
メリデシャにこの話をする時は。
もし俺がしつこく言ってなかったら。
あいつらにはいつもしつこく言わなきゃならないんだ、
あいつらにわかっているのはそれだけ、
自分たちがひどい目に遭っているってことだけなんだ。
だけどそれだって、しつこく言ったからさ。
無駄だったよ、やつの鼻先にカードをつきつけてやったのに、
ほとんど突っ込むくらいにさ、数字を目の中に、
やつはいっこうに動じない。
ダメ、ダメ、ダメ。
正しいのはやつで
俺は自分の提灯を膀胱とまちがえるようなとんでもないやつさ。〔正しくは「膀胱を提灯と間違える」、

とんでもない間違いをするの意〕

間

自分の膀胱を提灯に。
提灯を膀胱に。
膀胱を提灯に。
その提灯を膀胱に。
自分の膀胱を自分の提灯に。

間

どうしてこう言うんだろう？
どうしたら膀胱を提灯だと見まちがえるんだ？
せめて逆なら。
これじゃまったく意味がわからない。
提灯を膀胱に。
それなら誰か発明できるかも！
どうしたら自分の膀胱を提灯にまちがえられるっていうんだ？
ばかげてる。
なのに本当のことみたいにそう言うよな。
メリデシャと議論が必要だ。

間

彼女、かわいいな。
美人でいいじゃないか。
そもそも美人だよ。
女性は前よりきれいになった。
今どき、そりゃ反論できない、
女性は前よりきれいになった。
数字だよ。あらゆる調査結果が一致している。
女性は前よりきれいになった。
化粧品の力が大きい。
ずっと磨きがかかって、ずっと洗練されている。
どんな女性だって、今じゃきれいになれる。
きれいに見える。
これは立証済みのことだ。
数字は嘘をつかない。

間

どうして俺はそう思った
彼女が美人じゃないって?
彼女の笑顔。
笑った顔がよくない。

無理してる。
見ればわかる
彼女は無理して笑ってる。
緊張した空気を和らげようって話。
なぜって
彼女は怖いんだ。
当然だな
怖がるのも。
こんな状況で、男と一緒に、いるんだぞ。
そりゃ
俺だって。
たぶんそうなるさ。
メリデシャはどうするだろう、もし。
やっぱり焼きもちをやくな。

＊＊＊

いいかどうかあの人に聞いてみようかしら。ううん、むしろ耐えなきゃ。どうしようもないこの欲求に負けちゃダメ。そうしなくちゃ。あの人はいやっていうわ。

間

あの人あれを取り出すわ。ポケットの奥に隠して持ってる。ポケットなんてないのかも。底の抜けたポケット。

女はボタンを押す。

女はハンドバッグを開ける。

女はハンドバッグの中を探す。

女はバッグの中のものを確かめる。

女はバッグからタバコの箱を取り出す。

女はためらい、そしてタバコの箱をバッグに戻す。

女はバッグを閉める。

平気、平気よ、なんとかなるわ。私、ナチュラルなエレベーターの方が好きだわ、鉄格子のドアがついて、それが扇のように折り畳むやつ、ナチュラルっていうのは機械がよ、手動だから。古いやつ。昔の。旧式の。白黒映画に出てくるやつ。時間よ止まれって博物館に展示してあるやつ。だって、それなら外で何が起こっているのかが見えるし聞こえるし感じられるもの。故障したってストレスは少ないわよ、外で起こっていることが見えるし、空気も絶対なくならないから。外にいるのと同じよ、あなた。じっと耐えていればいいの。助けを待てばいいのよ。叫んだっていいわよ。外に聞こえる。そりゃこの近代的なエレクトロニクスのエレベーターは、あなたの声に反応して扉が開くしあなたの家の真ん前であなたを降ろしてくれる、あなたの匂いがすれば乗せても降ろしてもくれると思うだけで、泣こうがわめこうがやりたい放題できるわよ。でも何もなし。勝手に動いてるんだもの。そのうえ変な人と乗り合わせたら。

間

だから旧式のほうが私はいいんだけど、でもまあみんながいいって言うほうでいいわよ。だって結局七三階に住んでたら選択肢はないじゃない、飛行機とおんなじ、仕方ないわよ。

間

腰にぶらさげているんだわ。ぜったい底なしのポケットよ。膝まである。キューバのサトウキビ刈り労働者のみたいに頭が扁平で長いのよ。キューバじゃなくてアンティル諸島だったかしら。

間

だってあの人押しつけがましいのよね、他人《ひと》が笑顔を見せてる時は笑顔を返しましょうって……。

沈黙。

かすかに、ルイ・アームストロングの《この素晴らしき世界》が聞こえてくる。

最初のうち、音楽が入り込んで来たことで二人は不安になったようだ。

二人から微笑みが消える。

間

こんどはお互いに示し合わせたように微笑む。

＊＊＊

危なかった。もうダメかと思った。

やっと出口が。

サインよ。
たしかにサインだ。
きっと
メリデシャが待ってる。
血が出るくらい心配して。
私たちにこう言うわ
あなたがたのことを忘れてたわけじゃありません。
すべてやります
あなたがたを難局から救うために。
つかまって！
放すんじゃない！
しっかりつかんで！
もはや時間の。
それどころか一瞬で。
すべてあっという間です今や。
今やすべてあっという間です。
著しい進歩を遂げたんです今や。

今やわれわれが成し遂げたあらゆる進歩は。
この国の消防士は最高。
この国の消防士は世界一。
どんな場合でも
その救助技術は
そう。
世界中が認めてる。
数字がある。すべての報告書が証明してる。
世界中からうらやましがられてる。
エレベーターの中に閉じ込められるより
はるかに危機的な状況から
救出した経験がある。
何千人もの命があり得ないくらいすごい炎の中から救い出された
話題にする
報道する
記事にする

右も左もすべての記者が
まさにスペクタクル
活動中のわれらが消防士たち。
みんなもっと彼らの活躍が見たいにちがいない。
もっともっと頻繁に。
そうは言っても。
欲しいものがいつも手に入るわけじゃない。
心ひそかに願う。
たとえばそのへんのビルの人たち。
そのビルまるごと全部とか。
隣り近所全部。
その隣りのビルまるごと。
その地区まるごととか。
隣り近所の地区も全部。
町中。
当事者になる、巷の出来事の。

ニュースの。
スペクタクルの。
火事ほどすごいことじゃなくても。
本当に火事は別物だ。
充実感がちがう。
テレビのニュースでたしかそんなことを言ってた。
たしかにアナウンサーはそう言ってた。
きっと俺たちにインタビューするよ。
私たちの写真。
俺たちの話。
どこでも
どの新聞でも
きっと映画だって。
ありえるだろ？
今や何でも映画になる。
すべて最後は映画になるんだ今や。

本当
火事は
ちがうのよ
もっと充実感がある。
じゃあ津波の場合はどう？
津波？　そりゃあね！
テレビのヴァラエティーショー。
トーク番組。
ラジオ。
新聞のコラム。
ベストセラー。
有名人。
私はわざわざ話さないわ。
なぜって
話さないものよ。
それだけさ。

あれの問題よ。

それだよ。

そうは言っても。

＊＊＊

《この素晴らしき世界》のボリュームが大きくなり、二人は急に黙る。

二人の身体は音楽につき動かされ、動きはじめる。

エレベーターが音楽に押しつぶされるように弾け飛び、壁が舞台天井、あるいは袖に消えてしまう。

照明が突然、ハリウッドのミュージカルのような幻想的な照明に切り替わる。

二人の身体は、ただ動いているだけでは済まなくなり、今や舞台全面を使って踊っている。

軽やかなフローティングダンス。かすかな動き。

最初は、それぞれ自分の場所に、芝居の冒頭から変わらず自分のテリトリーにいるのだが、音楽に導かれるように二人の身体は次第に近づき、交わり、ついには一つになる……。

手を這わせ、口唇を求め合う。

二つの身体は絡み合い、突進し、押し戻し、またつかまえる。

観客は、突然、ハリウッドのミュージカルの世界に連れてこられる。あらゆるハリウッド・ミュージカル的なものが盛り込まれる。

だがこのダンスシーンはカリカチュアになってしまってはいけない。ミュージカルに対して何らかのコメントをつけるものであったり、判断を下すものであってはいけない。したがって、たとえ俳優がダンサーではなくとも、下手だとは決して思われない最低限のダンスシーンを見せなくてはならない。説得力がなくてはならない。

音楽が消えダンスが終わると、女と男は、「ミュージカル」などなかったかのように、もとの形に戻ったエレベーターのもとの位置に戻る。

＊＊＊

三七％の控除ってかなりだよ。
それにしたって、やつらはうそっぱちさ！
俺にそれを飲ませようなんて、
この俺の状況で、
二〇％控除のほうがいいなんて、だって
やつはちゃんとわかってる、ちゃんとわかってるんだ、
掠奪者め、だって
三七％とはさ、だって
三〇％だろうと、たとえそうだって
二五％じゃ、話はもうちがうだろ。
ああ、ダメ、ダメ、ダメ、ダメ、
話はもうまったくちがっちまうだろ。

だから俺は課税対象からはずれる、もう支払わない。
払っても少しだけ。意味ない程度。取るに足らないくらい。
それで払わないとなれば。
それがやつの気に障る。だって
俺が払わない結局払わない
払ってもほんの少しだから。
金はやつのポケットには入らないんだぜ、俺の知るかぎり。
まったくろくなやつらじゃないよ！
その金はやつのものじゃない、国のものだろ。
国のものってことは、国民一人一人のものさ、
俺をはじめとしてね。
やつは国の父でも母でもない、
しがない収税人にすぎないじゃないか。

間

それとも歩合でももらってるのか？
ほかに説明がつかないだろ。
それならわかる。
養わなくちゃならない妻や子供。当然さ。
でも、やつがピンはねする分までは責任を負えないね。

いつ、このことをメリデシャに言おう！
必要だったんだよ、それが
奴の鼻先にカードを貼付けて、それで
一から十までこと細かく説明して、それで
やつの仕事を噛み砕いて教えてやった、
やつを肥え太らせてくれる仕事さ。
俺たちの金でね。
だけど頭は鈍いし、ちっとも融通がきかない。
杓子定規の石頭！
やつは十分承知の上だったのさ
うそをついてるって。
事実をかくしてうそをついてた。
しかも確信犯
ごまかすつもりだった、
だますつもりだった、
俺をはめようってわけだ。
きまりなのさ。
やつらのやり口なのさ。
悪賢いのさ。

だって
生まれつき悪賢いんだ、あいつらは。
そもそもだからだろ
それでやつらを見分けられる。
だが金に関してなら
俺にだって証明できる
金は本来暴力的なものだってこと。
三七％、
盗もうっていうんじゃない、
俺のものさ、
それが法律だ、
以上。

＊＊＊

したい。もうダメ今すぐしたい。一瞬がんばるの負けちゃだめ。一瞬がんばって我慢するの。そうしなきゃだめ。

間

あの人がいつもどこから出入りしてるのか知らない全然会ったことない。エレベーターでも廊下でも。駐車場でも。どこでも。私、階段はまったく使わないし。あの階段は誰も絶対使わないわよ。そもそも誰も使わないのに、どうして階段なんてあるのかしら？　飾りだなんて言えるような代物じゃないんだから。ちっともきれいじゃない。だって誰も使わないのよ。だったらこんな大きな建物の階段って何の役に立つわけ？　ニューヨークで見たじゃない。火事とかニューヨークで起きたようなことがあった時だってエレベーターで降りた方がやっぱり速かったじゃない、それにエレベーターが故障しても、ほら機嫌が悪くなることあるじゃないエレベーターって、それでもみんな階段を使うより窓から飛び降りた方がいいのよ。ニューヨークでそうだったの見たじゃない。みんな窓から飛び降りる方を選んだわ。少なくとも遺体は回収できる。肉が砕けてあちこち飛び散って散り散りになっても、つなぎあわせれば一つの体になる。体だって思える。頭一つ、腕一本、足の指一本でも遺体よ、お葬式ができる。だって、ニューヨークにあのビルの中に残された人たちそこにとどまるしかなかった人たちは、そうよ、あの人たちは煙みたいに蒸発して消えたわ。消えたのよ。消えちゃったのよ。敬意を表すべき体はないの。それじゃ喪に服すなんて無理。ちゃんとやりましたってふりはできてもそれじゃあ泣けないわ。本当の悲しみが始まるのは体がなくなったその時なんだから。

間

蝶の羽くらいのほんのかすかな動き。一瞬の瞬きぐらいの。ちょっとでもポケットから手を出そうなんてしてみなさい。ちょっとでも動いてみなさい。そしたらあんたの喉元に飛びかかってやる。たとえ話なんかじゃないわよ、はったりで言ってるんじゃないのよ。言葉通り、あんたの喉元に飛びかかるわよ。歯をむき出しにして、その喉に噛みついてやる。膝蹴りを浴びせて、あんたの喉元に歯を突き立ててやる。たとえ話なんかじゃないわよ、はったりで言ってるんじゃないのよ。この口の中があんたの血で染まるまで、あんたの喉に噛ついてやる、ピンヒールの先であんたの頭に穴をあけてやる。じゃあアドバイスしてあげる、ずっとにっこり笑ってて上流階級の男で紳士できちんとした教育を受けた男で教養人でいて両手はしっかりポケットの中よ。その小さな衝動に身を任せちゃだめよ。下半身に火をつけたらだめ。

間

したくてどうにかなっちゃいそう。でもあの人はのぞまないわね。笑って拒否するわ。あの人、引くわね。そんなこと公共の場所じゃしない。場所の問題じゃないわ。時間よきっと、場所じゃなく。だからあの人私に笑いかけるのよ。ええそれって彼の権利よね。いずれにしても、何であれあの人に何か頼むなんてごめんだわ。あんたの足元にひれ伏すのもへりくだってお願いするのも願いさげ。いや。ああ、いや、いや、いや、いや、私に返事をするきっかけを与えるなんて、イヤ。

＊＊＊

変だよな。
一度もここで彼女に会ったことがない。
エレベーターでも、
廊下でも。

間

ちがうかな。

たぶん俺がまちがってるんだな。
たぶん俺が。
そうだなきっと。
俺が。
俺が勘違いしてる。
俺が。
俺がちがってるんだ。
俺が。
目に指を突っ込むくらいのとんでもないまちがいを、いや手を突っ込むくらいの、
ええい、けちけちするな、
腕を全部突っ込むくらいの。
きっと肩までずぼっと入っちまうくらいのだよ。
メリデシャにいつも言われてる
あなたって仔羊ね
仔羊って女のことが何一つわかってないのって。
でもなんとなくわかる。
彼女は俺を求めてる。
なんとなくわかる。
俺を誘惑してる。

なんとなくわかるさ。
俺を誘ってる。
俺が好みなんだ。
俺のことが気になってる。
タイプだなって。
好みのタイプだなって思って俺を誘ってる。
だがまちがってるかもしれない。
勘違いかもしれない。
ちがうかも。
膀胱なのかも。
提灯だってんじゃなけりゃ。
あるかも。

＊＊＊

作り話はしないこと、肝心なのは作り話をしないこと、とにかくだらだら話さないこと。

＊＊＊

女は男の方に振り向く。女は男に身振り手振りである出来事の話をする。

これはパントマイムでも手話でもない。女はただ言葉を使わず、カサヴェデスの映像のような、「美的ではない」身振りだけで話をする。

こんどは男が身体を動かし、同じように「美的ではない」別の身振りでそれに応える。話が通じて、男は女の話を理解する。男はその話を聞いたことがある。テレビかラジオで。さもなくばどこかの新聞で読んだのか。あるいは単に誰かが話していたのを聞いただけかもしれない。だが同じ話のことを言っているのはたしかである。さらに男は見るからに重要な物語の細部を思い出す。女はそれに異議は唱えないが、訂正をする。おそらく姿形《すがたかたち》の問題である。華奢だが手足がか細いわけではないとか。あるいは身長は一メートル六五センチであって一メートル六三センチではないとか。

男はそれが一メートル六三センチだと信じて疑わない。そして自分が主張していることが女に見てわかるように自分の手をその高さに置く。

女は譲らない。こんどは女が男が示す高さよりも若干高いところを手で示す。

エトセトラ。

最終的に男は納得したという態度は見せずに、しかし女の意見に与《くみ》する。

交互に、二人はそれぞれ同じ話をしている。まちがいなく、二人は同じことを話している。

二人は何を話しているのか？　それは観客がわかってもわからなくてもかまわない。重要なことは、二人が互いに「話をしている」ということであり、互いに「言う」べきことが見つかったということである。

突然、男が笑い出す。あけすけな笑い……、その笑い声が無言で語られていた女の話の流れを断ち切る。おそらく女の話していることが笑いの原因である。あるいは女の身振りが大げさだとか、話しぶりが少々地中海的だという理由である。およそそんな理由である。

男は笑った時と同じく突然、黙る。

女は男を見つめ、卒倒寸前である。

男は自分が笑ってしまったことに見るからに打ちのめされている、それで男は自分の靴の先を見つめてしょげ返っているのだ。「何やってんだか、こんなことで笑ったりしないだろ。そりゃ何を笑ってもいいさ、でもこれは、ダメだろ」。

二人は「別れ」、そしてそれぞれ自分のテリトリーに戻る。

＊＊＊

本当に
こういうことって、よく起こるんだ。
思ってもみないけど
でもよくあるよ
こういうことって。

＊＊＊

だって……、だって、もしあの人が私に襲いかかってきて首にナイフを突きつけられたら、そしておとなしくしろって言われたら……。叫んでわめくことはできるわよ……。でも結局……。結局。だから気をつけなきゃなんとかしなきゃやられる前に。

＊＊＊

だってもし俺がそういうやつだったら。
そういう。
そういう類の。
そういうやつらの仲間なら。
そんな話はますます増えてる。
テレビのニュースでも、
ニュースじゃそればかり。
ラジオで。
巷《ちまた》で。
居酒屋《ブラスリー》で。
美容院。
電車にバスに。
映画館。
劇場。
市場《いちば》。
スーパーマーケット。
パン屋。
花屋。
自分の家。

つまりどこでだって。
テレビのニュース番組。
テレビ映画。
ドキュメンタリー。
ヴァラエティ・ショー。
トーク番組。
週末のスポーツニュース。
実際テレビをつければどこでだって。
テレビのニュース……。
でもそれは作り話じゃない。
テレビが言っているから
ってわけじゃない。
もっと頻繁に起こってる
考えてるよりずっと。

＊＊＊

だからあのひとがポケットから手を出す瞬間をよく見てるのよ……。さもなきゃ、あとからじゃ
遅いんだから。

＊＊＊

それになんでも数字があるわけじゃない。
数字だから。
女性の八一・二三％がもうそうなんだ。
統計は情け容赦ない。

間

怖くないやつがいるのか？
だって
彼女は怖がってる。
見りゃわかる
彼女は怖がってる。
彼女の立場だったら俺だって怖い。
彼女の立場で怖くないやつがいるか？
俺は額に名札をつけてるわけじゃない。
当たり前だよ
彼女が怖がるのは。
むしろほっとする
彼女が怖がってくれて。安心するよ。

だって
つまりそれで事態は正常化されるってわけだ。
彼女が怖がってることでさ。
言うなればだ。
近頃じゃいろんなことを耳にする。
何より目にするわけだ。
　間
だから俺なんだよ。
最初の一歩を踏み出すべきは。
何かをやるのは。
何かをやってみるのは。
状況を打ち破るのは。

＊＊＊

男は微笑む。
女は微笑む。
男は左手をポケットから出す。
手のひらは開いたまま、手には何もない。
男はこんどはポケットから右手を出すそぶりを見せる。

と同時に、女は男の局部に足蹴りを入れ
そして男の喉元に噛み付く。
流血。
男が痛みに身をよじっていると
女はピンヒールの片方を脱ぎ
それで突然の怒りにまかせて男の頭をなぐる。
流血。
男は膝から倒れる。
流血。
沈黙。
動かない。
女は興奮してハンドバッグを開く.
そこからタバコを一本取り出す。
女はタバコに火をつける。
タバコの煙を肺に深く吸い込む。
落ち着く。
静寂。
男は膝をつき、
くちびるに呆然とした微笑みを浮かべて

右手はポケットに入れたままである。

＊＊＊

三七%控除！
メリデシャに話しても信じてくれないだろうな。
メリデシャに話しても信じてくれないだろうな。
メリデシャに話しても信じてくれないだろうな。
メリデシャに話しても信じてくれないだろうな。
そう
俺は足を踏まれたままじゃいなかったんだって。
そう
俺は徹底的に闘ったんだって。
そう
俺は間抜けな仔羊じゃなかった。
俺は間抜けな仔羊じゃなかった。
俺は間抜けな仔羊じゃなかった。
俺は間抜けな仔羊じゃなかった。
まちがいない
メリデシャに話しても信じてくれないだろうな。

メリデシャに話しても信じてくれないだろうな。
メリデシャに話しても信じてくれないだろうな。
メリデシャに話しても信じてくれないだろうな。
だが数字は、幸いなことに、数字のままだ。
だが数字は、幸いなことに、動かしがようがない。
だが数字には、幸いなことに、迷いがない。
だが数字には、幸いなことに、心なんてない。
三七％ってそうはいってもかなりだよ！
　男はようやくポケットから手を出す。
その手を開いて、観客に、誓いを立てるように見せる。
手には何もない。
女は打ちひしがれる。
突然、男の開いた右手に一輪のバラの花が咲く。
女は打ちひしがれる。
女は男の手から花を取る。
女は打ちひしがれる。
女は花の香りを嗅ぐ。
女は打ちひしがれる。
女はケージの中の動物がするように円を描いて走り回る。

男は崩れ落ちる。
動かない。
女は身を固くする。
打ちひしがれる。

＊＊＊

誰か？
　返事を待つ
誰かいます？
　返事を待つ
誰かいますか？
　返事を待つ
誰かいないの？
　返事を待つ
誰もいないんですか？
　返事を待つ
誰もいないの？
　返事を待つ
誰もいないの？

返事を待つ

誰もいないの？

静寂。

そして、すべてに応えるように、《この素晴らしき世界》を歌うルイ・アームストロングの声が聞こえてくると、女がエレベーターの隅にうずくまり、ためらいもせず嗚咽をあげて泣く。女の嗚咽はじきに音楽に飲み込まれていく。

暗転

解題

コートジボワール東部の都市アバングル生まれのコフィ・クワユレは、アビジャン国立芸術学院で演劇を学んだ後、一九七九年にパリの国立演劇技芸高等学院（ENSATT）で俳優教育を、ついでパリ第三大学では演劇学の博士号を取得している。以来、パリを本拠に、俳優、演出家、ドラマトゥルグとしても活躍するが、劇作家としては、アマチュア時代に書かれたいくつかの戯曲ののち、事実上の第一作である『ザット・オールド・ブラック・マジック Cette vieille magie noire』（以後『ブラック・マジック』、九二）から、『ジャズ Jaz』（九八）を経て、二〇一一年の『ネマ　レント・カンタービレ・センプリチェ Nema... Lento cantabile semplice』まで、二〇本以上の戯曲が刊行されている。ヨーロッパ、アフリカ諸国ではもちろん、アメリカでの上演が少なくないことも一つの特徴だ。二〇〇六年には処女小説『ベビー・フェイス Baby face』でアマドゥ・クルマ賞とコートジボワール文学大賞を受賞した。一〇年には第二作『ムッシュー・キ Mousieur Ki』が上梓されている。

「理想の作家はモンクだ」

『ジャズ・マガジン』誌（二〇〇〇年一二月号）のインタビューで口にされたこの言葉は、クワユレを語る時に好んで使われる。劇作家ではなくジャズ・ピアニスト、セロニアス・モンクの名を挙げたこの言葉が彼の戯曲のありようを端的に示しているからだろう。コフィ・クワユレの作品はまずジャズとの関係で語られる。彼の作品にはジャズが不可欠だ。それは単に「ジャズを使って」いるからではない。映画音楽のような使い方はされても、ジャズそのものが直接的なモチーフとして使われるのは稀である。「ジャズのように」書かれ、ジャズのように奏でられるべき作品、あるいはジャズの形を取らないジャズそのものと言えばいいのだろうか。クワユレ自身は、ジャズ音楽に触れた時と同じものを彼の書いたものに触れた時に感じて欲しいとも、自分は劇作家であるよりも戯曲という別の形のジャズを奏でるジャズマンだとも言っている。

こうしたクワユレの、とりわけ文体における特徴は、しかし『ブラック・マジック』ではまだはっきりとは見られない。そして今日クワユレは『ブラック・マジック』のようには書いていない。『ジャズ』以後、彼の作品は大きく変わるからだ。とすれば、このコレクションに収めるべきは別の作品だったのかもしれない。だがこの作品はクワユレを理解する上で重要な、彼の原点ともいえる看過できない作品だ。

コートジボワール、そしてアフリカ演劇

フランコフォニー（フランス語圏）とは、近年拡大されて使われることもあるが、ふつうフランス語を公用語とする国と地域を言う。辞書によれば、この言葉が生まれたのは一九世紀だが、一般に使われるようになったのは一九六〇年以降という。つまりアフリカで旧植民地が次々と独立した時期である。独立後、フランスやベルギーの旧植民地の国々はフランス語圏の一つに数えられることになった。フランス語という文化的共通項を持つという新たな枠組みを誰もがナ

イーブに受け入れられたわけではないだろうし、グギ・ワ・ジオンゴのように旧宗主国の言語を捨てて現地語で表現することを求める者もいた。みずからの言語とは何か。被植民者も、祖国を離れ（ざるを得なかっ）た者もそう自問する。しかし他に母語を持つ者であっても、公用語、共通語として日常的に使用し教育を受けた世代にとって、それもまた紛れもなく母語であろう。すでにフランス語で書く作家は独立前に登場していた。そしてフランス語をみずからの言語として、〝本国〟フランスの演劇の焼き直しでも、支配者層の気晴らしのためでもない、「彼らの演劇」が次第に登場する。コートジボワールでそれが開花するのは八〇年代、その担い手は夏期休暇の間だけ母国で公演活動を行った、アビジャン国立芸術学院を卒業してＥＮＳＡＴＴに進んだ演劇学生たち、七九年に誕生した「パリ劇芸術コートジボワール学生」グループだった。翌年にはクワユレたちの代が参加してその成功は盤石なものとなる。

九〇年代はじめ、フランスの批評家や観客に、こうした新しいアフリカ演劇の潮流を知らしめる場となったのが、ラジオ・フランス・アンテルナショナル主催のコンクール（Concours de RFI）であり、フランス語圏国際フェスティバル（現・リムーザン・フランス語圏フェスティヴァル Les Francophonies en Limousin）であり、あるいはガブリエル・ガランの国際フランス語劇場（Théâtre International de Langue Française）であった。そこで、それまでほとんど関心も払われなかった——オリジナルと言えば伝統、伝統こそ固有の文化という欧米諸国以外の文化を語る時の金科玉条から外れた——現代演劇が取り上げられた。物言うブラック・アフリカンの演劇。観客はそれまで見知っていたはずのアフリカ性とも既存の演劇とも異なる演劇を突きつけられたのである。それはひとつのスキャンダルだった。その一つがここに所収されたコフィ・クワユレの「ザット・オールド・ブラック・マジック」である。この作品は、一九九二年のチカヤ・ウ・

タミシ大賞（RFIコンクール）を受賞した。

『ザット・オールド・ブラック・マジック』

いにしえの黒き魔術の呪文にかかる／あなたが巧みに張り巡らせたあのオールド・ブラック・マジック／氷のようなその指で上へ下へと僕の背中をなぞる／あなたの瞳と目が合えば、かかってしまうあの魔法／からだの奥に感じるあのうずき／そしてエレベーターが回り始め／ああ、僕は落ちて落ちて行く、ぐるぐると回って落ちていく／波にさらわれた落ち葉のように……

この〈ザット・オールド・ブラック・マジック〉はハロルド・アーレン作曲、ジョニー・マーサー作詞、マーサーのパートナーだったジュディ・ガーラントの歌で一九四二年にリリースされた。同年公開の映画「スター・スパングルド・リズム」ではジョニー・ジョンソンの歌でアカデミー賞音楽賞の候補となり、映画「バス・ストップ」ではマリリン・モンローが歌った。エラ・フィッツジェラルドやフランク・シナトラなど多くの歌手がカバーしてきた名曲だ。このタイトルだけで、そしてその歌詞を知ればさらに、ショーティの放つ、シャドーが見せる夢の、そして黒人そのものの魔術のような魅力と重なり、狂おしいまでの思慕は尽きせぬファウスト的欲望へと続く。音楽としては使用されることのないものの、コルトレーンの音楽とともに、作品の主題となっている。

この作品には、さらに至るところにさまざまな既存のイメージがモチーフとして織り込まれている。ショーティのボクサーとしての華々しい経歴は、黒人として初めて世界ヘビー級王者となり十三年以上にわたって王者として君臨したジャック・ジョンソンの生涯と重なるが、その姿はむしろ聖者になりたいと言ったジョン・コルトレーンである。一方、メフィストであり演出家であるシャドーは影という名を与えられ、絵に描いたような黒人奴隷の過去を語るが、その話はつねに中断され、あらゆる憶測を引き受けながら何一つ明かされない。既存のイメージは時にパロディ化され、あるいは変奏曲のように形を変えながら、他のイメージと呼応していく。そして「ファウスト」という西洋の物語を使って、クワユレはアフリカとヨーロッパの二つの文化を自分のものとする彼にとっての新たな「ファウスト」伝説を作ろうとしたという。それには「悪魔の音楽」と呼ばれるジャズこそふさわしいのだと。

この作品は、九三年にベルギーのランスマンから出版され、すぐさま翻訳されてニューヨークのユビュ・レパートリー・シアターで上演された。フランスでは国際学生都市でのリーディング公演、フランス・キュルチュールでのラジオ放送のほか、〇二年にミシェル・ディディム演出でセミステージ形式の上演が行われただけだったが、〇七年にクロード・ボコブザ演出でクワユレがシャドーを演じて上演された（パリ、アトリエ・デュ・プラトー）。

『ジャズ』以後、そして『ブルー・ス・キャット』

『ブルース・キャット Blue-S-Cat』は、クワユレ演出により二〇〇五年にヴュー・コロンビエ座、翌〇六年にアヴィニョン・オフで上演されている。短い作品であるが、今日のクワユレ作品を垣間みることはできるだろう。音楽性といえば簡単だが、それはたとえばすべてが完結しない、中断され、逃げていき、別の何かが入り込むような、つねに開かれているようなものであったりする。

戯曲の約束事が維持されている『ブラック・マジック』に対し、「ジャズ Jaz」という名の女を語る一人の女のモノローグとジャズの楽器だけで構成される『ジャズ』以降の作品には、登場人物の名前も、誰の台詞かの指示すらないことも珍しくない。ここでも、わずかに異なる行間のちがいと言葉によって、そしてわずかなト書きによって、話者が変わったことが示される。翻訳では言葉遣いに男女の別をつけてしまったが、フランス語ではもともとそれほどの差はない。この作品は、それでも一カ所を除いて、男と女が別々に、まったく別のリズムと様式で話し、それがシーンとして区切られているので、話者が誰であるかは比較的わかりやすいといえるかもしれない。

突然、見知らぬ相手とエレベーターに閉じ込められる男と女。自分では制御できない状況、脅かされる平穏なテリトリー。目の前の他者といかなる関係をどう結ぶべきなのか。延々と絶え間なく微細な詳細を付加しながら自分の延長線上にある話を畳み掛けるように話す少々自意識過剰気味の女の台詞と、つねに言葉が途中ではしょられ行替えされリフレインしながらすべてが国家の一大事であるかのように語る少々大言壮語気味の男の台詞は、別々の音楽を奏でる異質の楽器のようだ。近づいたかに見えても一向に交わらない。閉ざされた空間を解放する一時のデュエットも、ようやく交わされる無言の会話も不首尾に終わる。二人は互いのテリトリーに、閉ざされた空間に戻っていく。今自分を責め苛んでいる身動きを奪われるという暴力、これから与えられるかもしれない暴力への恐怖、見知らぬ他者と遭遇して生まれる恐怖。身を守るために何をすべきか。暴力を回避するための他者への暴力か。他者性と暴力の問題はクワユレの多くの作品に通低するものだ。

タイトルの「ブルー・ス・キャット」はもちろんブルースとスキャットの合成語である。それはジャズの歴史を喚起する。言うべき言葉を失った時、人はルイ・アームストロングのようにスキャットを生み出せるのか。即興演奏は、ジャムセッションは可能なのか。不安と痛みを伴うとしても、しかしつねに境界線は曖昧で移動可能だ。だからこそ「なんて素晴らしき世界」と歌うのだ。

クワユレの作品はジャズという音楽性は共通するが、題材もスタイルも多様で、コルテス、ヴィナヴェール、サラ・ケインなど多くの作家との類縁性も言われる。日本での上演が難しい作品も少なくないが、魅力的な作品が多く、古い修道院を改造した女子刑務所を舞台に群唱とモノローグで構成される「ミステリオーソ119 Misterioso-119」(〇五)や突然リアルショーの死刑執行人と生け贄になった二人を描く「ビッグ・ショット Big Shoot」(〇九)など、紹介したい作品は少なくない。ただ、翻訳者が音楽性に長けているとは決して言えない上に、にわか仕込みのジャズ鑑賞者の身では少々心もとない。音の長さや響き、宙吊り加減は意識したが、ミュージシャンが書いたと評されるオリジナルには及ばないだろう。ひとえに翻訳者の未熟さ加減だが、それでもクワユレの魅力を感じ取ってもらえるならば幸いである。

なおこの稿の執筆にあたっては、Koffi Kwahulé et Gilles Mouëllic, *Frères de son*, Théâtrales, 2007, *Africultures*, nº77-78, Harmattan, 2009 ほかを参照した。最後に、翻訳にあたり多忙を押して貴重な時間を提供してくれたパトリック・ドゥ・ヴォス氏に心からの感謝をしたい。

八木雅子

コフィ・クワユレ Koffi Kwahulé
1956年コートジボワール生まれ。ジャズと不可分のその独特な作風で知られる。俳優、演出家、ドラマトゥルグ、小説家としても活躍。パリを拠点に活動する一方で、フランス語圏アフリカ現代演劇の最も重要な演劇人の一人でもある。

八木　雅子（やぎ・まさこ）
演劇・俳優の社会的認知と地位の変遷を主に研究。早大演劇博物館助手、同大学非常勤講師等を経て学習院大学大学院身体表象文化学専攻助教。訳書に『リベルテに生きる』（ポット出版）、『文化と社会』（植木浩監訳、芸団協出版部）。

編集：日仏演劇協会
編集委員：佐伯隆幸
齋藤公一　佐藤康　高橋信良　根岸徹郎　八木雅子

企画：東京日仏学院 L'INSTITUT 東京日仏学院
〒162-8415　東京都新宿区市ケ谷船河原町 15
TEL03-5206-2500　tokyo@institut.jp　www.institut.jp

コレクション　現代フランス語圏演劇 09
ザット・オールド・ブラック・マジック
ブルー・ス・キャット　*Cette vieille magie noire / Blue-S-Cat*

発行日――2012年2月10日　初版発行

＊

著　者――コフィ・クワユレ　Koffi Kwahulé
訳　者――八木　雅子
編　者――日仏演劇協会
企　画――東京日仏学院
装丁者――狭山トオル
発行者――鈴木　誠
発行所――㈱れんが書房新社
〒160-0008　東京都新宿区三栄町10　日鉄四谷コーポ106
TEL03-3358-7531　FAX03-3358-7532　振替00170-4-130349
印刷・製本――三秀舎

 ISBN978-4-8462-0389-4 C0374

コレクション 現代フランス語圏演劇

黒丸巻数は発売中

1 A・セゼール クリストフ王の悲劇 訳＝根岸徹郎

❷ M・ヴィナヴェール いつもの食事 訳＝佐藤康 2001年9月11日 訳＝高橋勇夫・根岸徹郎

3 H・シクスー 偽りの都市、またはエリニュエスの覚醒 訳＝高橋信良・佐伯隆幸

❹ P・ミンヤナ 亡者の家 訳＝齋藤公一 N・ルノード プロムナード 訳＝佐藤康

❺ M・アザマ 十字軍／夜の動物園 訳＝佐藤康

6 V・ノヴァリナ 紅の起源 訳＝ティエリ・マレ

7 E・コルマン 天使たちの叛乱／フィフティ・フィフティ 訳＝北垣潔

❽ J＝L・ラガルス まさに世界の終わり／忘却の前の最後の後悔 訳＝齋藤公一・八木雅子

❾ K・クワユレ ザット・オールド・ブラック・マジック ブルー・ス・キャット 訳＝八木雅子

❿ J・ポムラ 時の商人 訳＝横山義志／うちの子は 訳＝石井惠

⓫ O・ピィ お芝居 訳＝佐伯隆幸 若き俳優たちへの書翰 訳＝齋藤公一・根岸徹郎

12 M・ンディアイ パパも食べなきゃ 訳＝根岸徹郎

⓭ W・ムアワッド 沿岸 頼むから静かに死んでくれ 訳＝山田ひろ美

⓮ D・レスコ 破産した男 訳＝奥平敦子／自分みがき 訳＝佐藤康

15 F・メルキオ セックスは時間とエネルギーを浪費する精神的病いである／ブリ・ミロ 訳＝友谷知己

⓰ E・ダルレ 隠れ家／火曜日はスーパーへ 訳＝石井惠

＊作品の邦訳タイトルは変更になる場合があります。